JAPAN
最道地
生活日語

50音基本發音表

清音

•track 002

a	ㄚ	i	ㄧ	u	ㄨ	e	ㄝ	o	ㄡ
あ	ア	い	イ	う	ウ	え	エ	お	オ
ka	ㄎㄚ	ki	ㄎㄧ	ku	ㄎㄨ	ke	ㄎㄝ	ko	ㄎㄡ
か	カ	き	キ	く	ク	け	ケ	こ	コ
sa	ㄙㄚ	shi	ㄒ	su	ㄙ	se	ㄙㄝ	so	ㄙㄡ
さ	サ	し	シ	す	ス	せ	セ	そ	ソ
ta	ㄊㄚ	chi	ㄑㄧ	tsu	ㄘ	te	ㄊㄝ	to	ㄊㄡ
た	タ	ち	チ	つ	ツ	て	テ	と	ト
na	ㄋㄚ	ni	ㄋㄧ	nu	ㄋㄨ	ne	ㄋㄝ	no	ㄋㄡ
な	ナ	に	ニ	ぬ	ヌ	ね	ネ	の	ノ
ha	ㄏㄚ	hi	ㄏㄧ	fu	ㄈㄨ	he	ㄏㄝ	ho	ㄏㄡ
は	ハ	ひ	ヒ	ふ	フ	へ	ヘ	ほ	ホ
ma	ㄇㄚ	mi	ㄇㄧ	mu	ㄇㄨ	me	ㄇㄝ	mo	ㄇㄡ
ま	マ	み	ミ	む	ム	め	メ	も	モ
ya	ㄧㄚ			yu	ㄧㄩ			yo	ㄧㄡ
や	ヤ			ゆ	ユ			よ	ヨ
ra	ㄌㄚ	ri	ㄌㄧ	ru	ㄌㄨ	re	ㄌㄝ	ro	ㄌㄡ
ら	ラ	り	リ	る	ル	れ	レ	ろ	ロ
wa	ㄨㄚ			o	ㄡ			n	ㄣ
わ	ワ			を	ヲ			ん	ン

濁音

•track 003

ga	ㄍㄚ	gi	ㄍㄧ	gu	ㄍㄨ	ge	ㄍㄝ	go	ㄍㄡ
が	ガ	ぎ	ギ	ぐ	グ	げ	ゲ	ご	ゴ
za	ㄗㄚ	ji	ㄐㄧ	zu	ㄗ	ze	ㄗㄝ	zo	ㄗㄡ
ざ	ザ	じ	ジ	ず	ズ	ぜ	ゼ	ぞ	ゾ
da	ㄉㄚ	ji	ㄐㄧ	zu	ㄗ	de	ㄉㄝ	do	ㄉㄡ
だ	ダ	ぢ	ヂ	づ	ヅ	で	デ	ど	ド
ba	ㄅㄚ	bi	ㄅㄧ	bu	ㄅㄨ	be	ㄅㄟ	bo	ㄅㄡ
ば	バ	び	ビ	ぶ	ブ	べ	ベ	ぼ	ボ
pa	ㄆㄚ	pi	ㄆㄧ	pu	ㄆㄨ	pe	ㄆㄝ	po	ㄆㄡ
ぱ	パ	ぴ	ピ	ぷ	プ	ぺ	ペ	ぽ	ポ

拗音

●track 004

kya	ㄎㄧㄚ	kyu	ㄎㄧㄩ	kyo	ㄎㄧㄡ
きゃ	キャ	きゅ	キュ	きょ	キョ
sha	ㄒㄧㄚ	shu	ㄒㄧㄩ	sho	ㄒㄧㄡ
しゃ	シャ	しゅ	シュ	しょ	ショ
cha	ㄑㄧㄚ	chu	ㄑㄧㄩ	cho	ㄑㄧㄡ
ちゃ	チャ	ちゅ	チュ	ちょ	チョ
nya	ㄋㄧㄚ	nyu	ㄋㄧㄩ	nyo	ㄋㄧㄡ
にゃ	ニャ	にゅ	ニュ	にょ	ニョ
hya	ㄏㄧㄚ	hyu	ㄏㄧㄩ	hyo	ㄏㄧㄡ
ひゃ	ヒャ	ひゅ	ヒュ	ひょ	ヒョ
mya	ㄇㄧㄚ	myu	ㄇㄧㄩ	myo	ㄇㄧㄡ
みゃ	ミャ	みゅ	ミュ	みょ	ミコ
rya	ㄌㄧㄚ	ryu	ㄌㄧㄩ	ryo	ㄌㄧㄡ
りゃ	リャ	りゅ	リュ	りょ	リョ

gya	ㄍㄧㄚ	gyu	ㄍㄧㄩ	gyo	ㄍㄧㄡ
ぎゃ	ギャ	ぎゅ	ギュ	ぎょ	ギョ
ja	ㄐㄧㄚ	ju	ㄐㄧㄩ	jo	ㄐㄧㄡ
じゃ	ジャ	じゅ	ジュ	じょ	ジョ
ja	ㄐㄧㄚ	ju	ㄐㄧㄩ	jo	ㄐㄧㄡ
ぢゃ	ヂャ	づゅ	ヂュ	ぢょ	ヂョ
bya	ㄅㄧㄚ	byu	ㄅㄧㄩ	byo	ㄅㄧㄡ
びゃ	ビャ	びゅ	ビュ	びょ	ビョ
pya	ㄆㄧㄚ	pyu	ㄆㄧㄩ	pyo	ㄆㄧㄡ
ぴゃ	ピャ	ぴゅ	ピュ	ぴょ	ピョ

● 平假名 片假名

Chapter.01
人際關係篇

Chapter.02 生活起居篇

Chapter.03 興趣篇

Chapter.04 情緒篇

Chapter.05 閒話家常篇

Chapter.06 用餐篇

chapter.07 交通篇

Chapter.08 外出篇

Chapter.09
職場校園篇

Chapter.10 旅遊篇

JAPAN
最道地生活日語

Chapter.01

人際關係篇

JAPAN

Track 005

見面問候

實用問句

お元気(げんき)ですか？
o.ge.n.ki.de.su.ka.
近來好嗎？

田中(たなか)さんですよね？
ta.na.ka.sa.n./de.su.yo.ne.
請問你是田中先生嗎？

道地生活短句

こんにちは。
ko.n.ni.chi.wa.
你好。

どうも。
do.u.mo.
你好。（用於非正式場合）

はじめまして。
ha.ji.me.ma.shi.te.
初次見面。

依時間問候

Track 005

實用問句

いつ以来(いらい)だっけ？
i.tsu.i.ra.i./da.kke.
我們多久沒見了？

道地生活短句

おはようございます。
o.ha.yo.u./go.za.i.ma.su.
早安。

こんばんは。
ko.n.ba.n.wa.
晚上好。

お久(ひさ)しぶりです。
o.hi.sa.shi.bu.ri.de.su.
好久不見。

また会(あ)いましたね。
ma.ta./a.i.ma.shi.ta.ne.
又見面了。

道別

道地生活短句

そろそろ失礼(しつれい)します。
so.ro.so.ro./shi.tsu.re.i.shi.ma.su.
我差不多該走了。

じゃ、また連絡(れんらく)しますね。
ja./ma.ta.re.n.ra.ku.shi.ma.su.ne.
那麼，我會再和你聯絡的。

それでは、また。
so.re.de.wa./ma.ta.
那麼，再見。

さよなら。
sa.yo.na.ra.
後會有期。

それでは、また後(のち)ほど。
so.re.de.wa./ma.ta./no.chi.ho.do.
那麼，晚點見。

祝福

Track 006

道地生活短句

たの
楽しんできてください。
ta.no.shi.n.de./ki.te.ku.da.sa.i.
祝你玩得愉快。

きゅうじつ
よい休日を。
yo.i.kyu.u.ji.tsu.o.
祝你有個美好的假期。

よ　とし　むか
良いお年をお迎えください。
yo.i./o.to.shi.o./o.mu.ka.e./ku.da.sa.i.
祝你新年快樂。

すえなが　しあわ
末永くお幸せに。
su.e.na.ga.ku./o.shi.a.wa.se.ni.
祝白頭偕老。

はんじょう　いの
ご繁盛をお祈りいたしております。
go.ha.n.jo.u.o./o.i.no.ri./i.ta.shi.te./o.ri.ma.su.
祝生意興隆。

自我介紹

實用問句

じこしょうかい
自己紹介してくださいませんか？
ji.ko.sho.u.ka.i./shi.te./ku.da.sa.i.ma.se.n.ka.
可以請你自我介紹嗎？

なまえ　なん
お名前は何ですか？
o.na.ma.e.wa./na.n.de.su.ka.
請問大名是？

どなたですか？
do.na.ta./de.su.ka.
請問你是哪位？

道地生活短句

わたし　ちんたろう
（私は）陳太郎といいます。
wa.ta.shi.wa./chi.n.ta.ro.u.to./i.i.ma.su.
我的名字是陳太郎。

よ　くだ
タローと呼んで下さい。
ta.ro.o.to./yo.n.de.ku.da.sa.i.
請叫我太郎。

介紹朋友

實用問句

ぶちょう　しょうかい
部長をご紹介いただけませんか？
bu.cho.u.o./go.sho.u.ka.i./i.ta.da.ke.ma.se.n.ka.
可以幫我介紹部長嗎？

こちらはどなたですか？
ko.chi.ra.wa./do.na.ta.de.su.ka.
這位是誰？

道地生活短句

しょうかい
ご紹介します
go.sho.u.ka.i./shi.ma.su.
由我來介紹。

たなか
こちらは田中さんです。
ko.chi.ra.wa./ta.na.ka.sa.n.de.su.
這位是田中先生。

こうはい　たなか
こちらは後輩の田中です。
ko.ch.ra.wa./ko.u.ha.i.no./ta.na.ka.de.su.
這是我的後輩田中。

近況

實用問句

最近どう？（さいきん）
sa.i.ki.n./do.u.
最近過得如何？

道地生活短句

相変わらず忙しいよ。（あいかわらず／いそが）
a.i.ka.wa.ra.zu./i.so.ga.shi.i.yo.
還是一樣忙啊。

まあまあかな。
ma.a.ma.a./ka.na.
還算過得去。

元気だよ。（げんき）
ge.n.ki./da.yo.
我很好。

特に変わりないよ。（とく／か）
to.ku.ni./ka.wa.ri./na.i.yo.
沒什麼大變化喔。

生活變動

Track 008

實用問句

か
ずいぶん変わったね。
zu.i.bu.n./ka.wa.tta.ne.
你變了很多呢。

むかし　か
昔　と変わらないね。
mu.ka.shi.to./ka.wa.ra.na.i.ne.
你都沒變呢。

道地生活短句

じつ　かいしゃ　や
実は会社を辞めたんだ。
ji.tsu.wa./ka.i.sha.o./ya.me.ta.n.da.
其實我把工作辭了。

かれし　わか
彼氏と別れた。
ka.re.shi.to./wa.ka.re.ta.
我和男友分手了。

きょねんとうきょう　ひ　こ
去年東京に引っ越したんだ。
kyo.ne.n./to.u.kyo.u.ni./hi.kko.shi.ta.n.da.
我去年搬到東京了。

Track 009

家庭構成

實用問句

なんにんかぞく
何人家族ですか？
na.n.ni.n.ka.zo.ku./de.su.ka.
家裡有幾個人？

道地生活短句

かぞく　にん
家族は3人います。
ka.zo.ku.wa./sa.n.ni.n.i.ma.su.
家裡有3個人。

あに　ひとり　いもうと　ひとり
わたしは、兄が1人と妹が1人います。
wa.ta.shi.wa./a.ni.ga./hi.to.ri.to./i.mo.u.to.ga./hi.to.ri./i.ma.su.
我有1個哥哥1個妹妹。

わたし　ひとり　こ
私は一人っ子です。
wa.ta.shi.wa./hi.to.ri.kko.de.su.
我是獨生子（女）。

つま
こちらは妻のめぐみです。
ko.chi.ra.wa./tsu.ma.no./me.gu.mi.de.su.
這是我的老婆惠美。

居住地

Track 009

實用問句

どこにお住(す)まいですか？
do.ko.ni./o.su.ma.i./de.su.ka.
請問你住在哪裡？

道地生活短句

一人暮(ひとりぐ)らししています。
hi.to.ri.gu.ra.shi./shi.te.i.ma.su.
我自己住。

実家(じっか)は台中市(たいちゅうし)です。
ji.kka./wa./ta.i.chu.u.shi./de.su.
老家在台中市。

兄(あに)と住(す)んでいます。
a.ni.to./su.n.de./i.ma.su.
和哥哥一起住。

台北(たいぺい)で暮(く)らしています。
ta.i.pe.i.de./ku.ra.shi.te./i.ma.su.
住在台北。

Track 010

祝賀

實用問句

もうすぐ誕生日(たんじょうび)だね。
mo.u.su.gu./ta.n.jo.u.bi.da.ne.
你生日快到了耶。

道地生活短句

おめでとうございます。
o.me.de.to.u./go.za.i.ma.su.
恭喜您。

誕生日(たんじょうび)おめでとう。
ta.n.jo.u.bi./o.me.de.to.u.
生日快樂。

心(こころ)よりお慶(よろこ)び申(もう)し上(あ)げます。
ko.ko.ro.yo.ri./o.yo.ro.ko.bi./mo.u.shi.a.ge.ma.su.
衷心為您感到開心。

心(こころ)からお祝(いわ)い申(もう)し上(あ)げます。
ko.ko.ro.ka.ra./o.i.wa.i./mo.u.shi.a.ge.ma.su.
衷心表達我的祝賀。

送禮

Track 010

實用問句

お祝(いわ)いに何(なに)かほしいものある？
o.i.wa.i.ni./na.ni.ka./ho.shi.i./mo.no./a.ru.
你想要什麼賀禮？

道地生活短句

はい、プレゼント。
ha.i./pu.re.ze.n.to.
來，給你的禮物。

気(き)に入(い)ってくれたら嬉(うれ)しいです。
ki.ni./i.tte./ku.re.ta.ra./u.re.shi.i.de.su.
希望你會喜歡。

あなたにピッタリだと思(おも)って。
a.na.ta.ni./pi.tta.ri.da.to./o.mo.tte.
我覺得很適合你。

つまらないものですが…。
tsu.ma.ra.na.i./mo.no.de.su.ga.
只是一點小心意。

Track 011

收禮

實用問句

ありがとう。開(あ)けてもいい？

a.ri.ga.to.u./a.ke.te.mo./i.i.

謝謝。可以打開嗎？

本当(ほんとう)にいいの？嬉(うれ)しい！

ho.n.to.u.ni./i.i.no./u.re.shi.i.

真的可以收下嗎？好開心！

道地生活短句

これ、ずっとほしかったの。

ko.re./zu.tto./ho.shi.ka.tta.no.

這是我一直想要的。

誕生日(たんじょうび)覚(おぼ)えてくれていたのね。

ta.n.jo.u.bi./o.bo.e.te./ku.re.te./i.ta./no.ne.

原來你記得我生日。

ありがとう。大事(だいじ)にします。

a.ri.ga.to.u./da.i.ji.ni./shi.ma.su.

謝謝。我會好好珍惜。

道歉

Track 011

實用問句

ご迷惑(めいわく)ではないでしょうね。
go.me.i.wa.ku./de.wa.na.i.de.sho.u.ne.
是不是造成你的困擾？

道地生活短句

ごめん。
go.me.n.
對不起。

すみません。
su.mi.ma.se.n.
抱歉。（比ごめん有禮貌）

申(もう)し訳(わけ)ありません。
mo.u.shi.wa.ke./a.ri.ma.se.n.
很抱歉。（比すみません有禮貌）

何度(なんど)も迷惑(めいわく)をかけてすみませんでした。
na.n.do.mo./me.i.wa.ku.o./ka.ke.te./su.mi.ma.se.n.de.shi.ta.
屢次造成您的困擾，真是抱歉。

原諒

道地生活短句

大丈夫、気にしないで。（だいじょうぶ、き）

da.i.jo.u.bu./ki.ni.shi.na.i.de.

沒關係，別在意。

こちらこそ、すみません。

ko.chi.ra.ko.so./su.mi.ma.se.n.

我才是該説抱歉。

謝るのは私の方です。（あやま、わたし、ほう）

a.ya.ma.ru.no.wa./wa.ta.shi.no.ho.u.de.su.

我才該道歉。

次から気をつけてね。（つぎ、き）

tsu.gi.ka.ra./ki.o.tsu.ke.te.ne.

下次注意點。

道謝

Track 012

道地生活短句

ありがとうございます。
a.ri.ga.to.u./go.za.i.ma.su.
謝謝。

せんじつ
先日はどうもありがとうございました。
se.n.ji.tsu.wa./do.u.mo.a.ri.ga.to.u./go.za.i.ma.shi.ta.
前些日子謝謝你。

き
来てくれてありがとう。
ki.te.ku.re.te./a.ri.ga.to.u.
謝謝你來。

たす
助けてくれてありがとう。
ta.su.ke.te.ku.re.te./a.ri.ga.to.u.
謝謝你幫我。

れい　ことば
お礼の言葉もありません。
o.re.i.no./ko.to.ba.mo./a.ri.ma.se.n.
無法形容我的感謝。

不客氣

道地生活短句

いいえ。
i.i.e.
沒什麼。

どういたしまして。
do.u.i.ta.shi.ma.shi.te.
不客氣。

いつでもどうぞ。
i.tsu.de.mo./do.u.zo.
有需要隨時開口。

お礼(れい)には及(およ)びません。
o.re.i.ni.wa./o.yo.bi.ma.se.n.
不必這麼客氣。

また何(なに)かありましたらいつでも連絡(れんらく)してください。
ma.ta./na.ni.ka./a.ri.ma.shi.ta.ra./i.tsu.de.mo./re.n.ra.ku.shi.te./ku.da.sa.i.
如果還有什麼需要，請盡管與我聯絡。

商量

Track 013

實用問句

ご意見を聞かせてください。
go.i.ke.n.o./ki.ka.se.te./ku.da.sa.i.
請告訴我你的意見。

ちょっといいですか？相談したいことがあって…。
cho.tto./i.i./de.su.ka./so.u.da.n.shi.ta.i./ko.to.ga./a.tte.
可以耽誤你一點時間嗎？有點事想找你商量。

あなただったらどうする？
a.na.ta./da.tta.ra./do.u.su.ru.
如果是你會怎麼做？

道地生活短句

いいアドバイスができればいいんだけど。
i.i./a.do.ba.i.su.ga./de.ki.re.ba./i.i.n.da.ke.do.
希望我能給你好意見。

先生に相談したほうがいいかもしれないよ。
se.n.se.i.ni./so.u.da.n.shi.ta.ho.u.ga./i.i.ka.mo.shi.re.na.i.yo.
最好和老師商量看看。

Track 014

請託

實用問句

お願(ねが)いしてもいいですか？
o.ne.ga.i./shi.te.mo./i.i.de.su.ka.
可以請你幫個忙嗎？

手伝(てつだ)ってもらえませんか？
te.tsu.da.tte./mo.ra.e.ma.se.n.ka.
可以幫我嗎？

道地生活短句

ちょっとお願(ねが)いがあるんだけど…。
cho.tto./o.ne.ga.i.ga./a.ru.n.da.ke.do.
我想請你幫點忙。

手伝(てつだ)っていただけるとありがたいんですが。
te.tsu.da.tte./i.ta.da.ke.ru.to./a.ri.ga.ta.i.n.de.su.ga
如果您能幫我就太好了。

一生(いっしょう)のお願(ねが)い！
i.ssho.u.no./o.ne.ga.i.
千萬拜託！

邀約

Track 014

實用問句

こんど　しょくじ　き
今度、うちに食事に来ませんか？
ko.n.do./u.chi.ni./sho.ku.ji.ni./ki.ma.se.n.ka.
下次要不要來我家吃飯？

ぱい　の　い
1杯、飲みに行かない？
i.ppa.i./no.mi.ni./i.ka.na.i.
要不要去喝1杯？

道地生活短句

き
来てくれたらうれしいんだけど。
ki.te.ku.re.ta.ra./u.re.shi.i.n.da.ke.do.
要是你能來我會很高興。

しゅうまつあそ
週末遊びにおいでよ。
shu.u.ma.tsu./a.so.bi.ni./o.i.de.yo.
週末來玩啦。

えいが み
映画見たくない？
e.i.ga./mi.ta.ku.na.i.
想不想看電影？

Track 015

拒絕

實用問句

また今度(こんど)にしていい？
ma.ta./ko.n.do.ni./shi.te./i.i.
下次再約好嗎？

道地生活短句

ありがとう。でも僕(ぼく)はやめとくよ。
a.ri.ga.to.u./de.mo./bo.ku.wa./ya.me.to.ku.yo.
謝謝，不過還是算了。（僕(ぼく)：男性自稱）

今日(きょう)はあんまり外(そと)に出(で)たくないなあ。
kyo.u.wa./a.n.ma.ri./so.to.ni./de.ta.ku.na.i.na.a.
今天不太想出去。

今日(きょう)はちょっと。
kyo.u.wa./cho.tto.
今天不太方便。

ごめん、ほかに予定(よてい)があるんだ。
go.me.n./ho.ka.ni./yo.te.i.ga./a.ru.n.da.
對不起，我有約了。

接受

Track 015

實用問句

いいよ、どこに行く？
i.i.yo./do.ko.ni./i.ku.
好啊，要去哪？

道地生活短句

うん、そうしよう。
u.n./so.u./shi.yo.u.
好啊，就這麼辦。

1時間だけ付き合うよ。
i.chi.ji.ka.n./da.ke./tsu.ki.a.u.yo.
我只能陪你1小時喔。

私もそう言おうと思っていたとこ。
wa.ta.shi.mo./so.u./i.o.u.to./o.mo.tte./i.ta./to.ko.
我也正想這麼説。

ぜひ参加させてください。
ze.hi./sa.n.ka./sa.se.te./ku.da.sa.i.
請務必讓我加入。

Track 016

要求加入

實用問句

どうこう
同行させていただけますか？
do.u.ko.u./sa.se.te./i.ta.da.ke.ma.su.ka.
可以讓我一起去嗎？

道地生活短句

いっしょ
ぜひご一緒させてください
ze.hi./go.i.ssho.sa.se.te./ku.da.sa.i.
請務必讓我參加。

なかま　い
仲間に入れてよ。
na.ka.ma.ni./i.re.te.yo.
讓我加入啦。

いっしょ　い
一緒に行こうよ。
i.ssho.ni./i.ko.u.yo.
大家一起去啦。

なかま
仲間にまぜてください。
na.ka.ma.ni./ma.ze.te.ku.da.sa.i.
請讓我加入。

關心

Track 016

實用問句

どうしたの？

do.u.shi.ta.no.

怎麼了？

こま

なにかお困りですか？

na.ni.ka./o.ko.ma.ri./de.su.ka.

有什麼問題嗎？

なに　なや

何か悩みでもあるの？

na.ni.ka./na.ya.mi.de.mo./a.ru.no.

你是不是有什麼煩惱？

かおいろわる　だいじょうぶ

顔色悪いね。大丈夫？

ka.o.i.ro./wa.ru.i.ne./da.i.jo.u.bu.

你的氣色不太好耶，還好吧？

道地生活短句

なに　そうだん　きがる　でんわ

何か相談ごとがあったら、気軽に電話してください。

na.ni.ka./so.u.da.n.go.to.ga./a.tta.ra./ki.ga.ru.ni./de.n.wa.
shi.te./ku.da.sa.i.

如果有什麼要商量的，請不要客氣，打電話來。

主動幫忙

實用問句

お手伝(てつだ)いしましょうか？
o.te.tsu.da.i./shi.ma.sho.u.ka.
讓我來幫您吧？

何(なに)か私(わたし)ができることはありますか？
na.ni.ka./wa.ta.shi.ga./de.ki.ru.ko.to.wa./a.ri.ma.su.ka.
有什麼我可以幫上忙的嗎？

道地生活短句

どんなことでもどうぞ。
do.n.na./ko.to.de.mo./do.u.zo.
無論什麼事都請說。

わからないことがあれば、いつでも聞(き)いてくださいね。
wa.ka.ra.na.i.ko.to.ga./a.re.ba./i.tsu.de.mo./ki.i.te.ku.da.sa.i.ne.
如果有什麼不懂的，隨時都可以問我。

私(わたし)に任(まか)せてください。
wa.ta.shi.ni./ma.ka.se.te./ku.da.sa.i.
交給我。

聯絡方式

Track 017

實用問句

電話番号(でんわばんごう)を聞(き)いてもいいですか？

de.n.wa.ba.n.go.u.o./ki.i.te.mo./i.i.de.su.ka.

可以請問你的電話號碼嗎？

道地生活短句

メールアドレスを教(おし)えてください。

me.e.ru.a.do.re.su.o./o.shi.e.te./ku.da.sa.i.

請告訴我你的郵件信箱。

ライン交換(こうかん)しようよ。

ra.i.n./ko.u.ka.n.shi.yo.u.yo.

我們交換LINE帳號吧。

連絡(れんらく)を取(と)り合(あ)おうよ。

re.n.ra.ku.o./to.ri.a.o.u.yo.

保持聯絡喔。

いつでも気軽(きがる)に連絡(れんらく)してね。

i.tsu.de.mo./ki.ga.ru.ni./re.n.ra.ku./shi.te.ne.

隨時都可以和我聯絡喔。

Track 018

社群網路

實用問句

ツイッターやってますか？
tsu.i.tta.a./ya.tte./ma.su.ka.
你玩推特嗎？

道地生活短句

これが私(わたし)のフェイスブックのアカウント。
ko.re.ga./wa.ta.shi.no./fe.i.su.bu.kku.no./a.ka.u.n.to.
這是我的 facebook 帳號。

私(わたし)のブログに書(か)き込(こ)みしてよ。
wa.ta.shi.no./bu.ro.gu.ni./ka.ki.ko.mi./shi.te.yo.
要到我的部落格留言喔。

友達申請(ともだちしんせい)しておいたよ。
to.mo.da.chi./shi.n.se.i.shi.te./o.i.ta.yo.
我已經送出交友邀請了。

私(わたし)のホームページを見(み)に来(き)てください。
wa.ta.shi.no./ho.o.mu.pe.e.ji.o./mi.ni./ki.te./ku.da.sa.i.
請來看我的網頁。

手機通訊

Track 018

實用問句

スマホに変えましたか？
su.ma.ho.ni./ka.e.ma.shi.ta.ka.
你換成智慧型手機了？

道地生活短句

留守電に入れておいたけど聞いてくれた？
ru.su.de.n.ni./i.re.te./o.i.ta.ke.do./ki.i.te./ku.re.ta.
我留了語音留言，你聽了嗎？

メールを送っておきます。
me.e.ru.o./o.ku.tte./o.ki.ma.su.
我會寄 mail 給你。

またのちほどかけ直します。
ma.ta./no.chi.ho.do./ka.ke.na.o.shi.ma.su.
晚點會再撥電話。

携帯番号を変えた。
ke.i.ta.i.ba.n.go.u.o./ka.e.ta.
手機號碼換了。

電話禮儀

實用問句

もしもし、田中(たなか)さんのお宅(たく)ですか？

mo.shi.mo.shi./ta.na.ka.sa.n.no./o.ta.ku./de.su.ka.

喂，是田中先生家嗎？

田中課長(たなかかちょう)はいらっしゃいますか？

ta.na.ka./ka.cho.u.wa./i.ra.ssha.i.ma.su.ka.

請問田中課長在嗎？

どちら様(さま)でしょうか？

do.chi.ra.sa.ma./de.sho.u.ka.

請問你是哪位？

道地生活短句

すみません、彼(かれ)はただいま、外出中(がいしゅつちゅう)です。

su.mi.ma.se.n./ka.re.wa./ta.da.i.ma./ga.i.shu.tsu.chu.u./de.su.

不好意思，他外出不在。

それではまた、ご連絡(れんらく)します。失礼(しつれい)します。

so.re.de.wa./ma.ta./go.re.n.ra.ku./shi.ma.su./shi.tsu.re.i./shi.ma.su.

那麼就再聯絡。再見。（失礼(しつれい)します表示將掛電話）

探病

Track 019

實用問句

具合はどうですか？
gu.a.i.wa./do.u./de.su.ka.
身體狀況怎麼樣？

道地生活短句

お大事にどうぞ。
o.da.i.ji.ni./do.u.zo.
請保重身體。／請好好養病。

無理しないでゆっくりと休んでください。
mu.ri./shi.na.i.de./yu.kku.ri.to./ya.su.n.de./ku.da.sa.i.
不要硬撐，好好的休養。

いい休養だと思ってのんびりしてね。
i.i./kyu.u.yo.u.da.to./o.mo.tte./no.n.bi.ri./shi.te.ne.
就當做調養身體，慢慢來吧。

早く良くなるように祈っている。
ha.ya.ku./yo.ku./na.ru./yo.u.ni./i.no.tte./i.ru.
希望你能早日康復。

約定時間

實用問句

いつ頃(ごろ)がご都合(つごう)いいですか？

i.tsu.go.ro.ga./go.tsu.go.u./i.i./de.su.ka.

什麼時間對你來説比較方便？

いつ伺(うかが)えばよろしいですか？

i.tsu./u.ka.ga.e.ba./yo.ro.shi.i./de.su.ka.

何時去造訪比較好？

今度(こんど)の日曜日(にちようび)でどうですか？

ko.n.do.no./ni.chi.yo.u.bi.de./do.u./de.su.ka.

這個星期天如何？

道地生活短句

今(いま)すぐでも結構(けっこう)ですが。

i.ma./su.gu.de.mo./ke.kko.u./de.su.ga.

現在也可以。

いつでもいいよ。

i.tsu.de.mo./i.i.yo.

隨時都可以喔。

期待造訪

Track 020

實用問句

どんなお宅(たく)かな？
do.n.na./o.ta.ku./ka.na.
會是怎麼樣的家呢？

道地生活短句

喜(よろこ)んで伺(うかが)うわ。
yo.ro.ko.n.de./u.ka.ga.u.wa.
我很高興能去拜訪。

楽(たの)しみにしているよ。
ta.no.shi.mi.ni./shi.te.i.ru.yo.
我很期待喔。

今日(きょう)を楽(たの)しみにしていたのよ。
kyo.u.o./ta.no.shi.mi.ni./shi.te./i.ta.no.yo.
我一直都很期待今天的到來。

やっとご家族(かぞく)に会(あ)えるってわけね。
ya.tto./go.ka.zo.ku.ni./a.e.ru.tte./wa.ke.ne.
這樣一來，終於可以見到你的家人了。

造訪

實用問句

なにか持[も]っていくものある？
na.ni.ka./mo.tte./i.ku.mo.no./a.ru.
要不要帶什麼去？

早[はや]く行[い]って料理[りょうり]を手伝[てつだ]いましょうか？
ha.ya.ku./i.tte./ryo.u.ri.o./te.tsu.da.i.ma.sho.u.ka.
要不要早點去幫你做菜？

道地生活短句

おじゃまします。
o.ja.ma.shi.ma.su.
打擾了。

少[すこ]し遅[おく]れるかも。
su.ko.shi./o.ku.re.ru./ka.mo.
可能會晚點到。

お招[まね]きありがとう。
o.ma.ne.ki./a.ri.ga.to.u.
謝謝你邀請我。

待客

Track 021

實用問句

コートをおかけしましょうか？
ko.o.to.o./o.ka.ke./shi.ma.sho.u.ka.
我幫你把外套掛起來。

道地生活短句

よく来(き)たね。
yo.ku./ki.ta.ne.
歡迎你來。

どうぞ上(あ)がってください。
do.u.zo./a.ga.tte./ku.da.sa.i.
請進。

どうぞおかけになってください。
do.u.zo./o.ka.ke.ni./na.tte./ku.da.sa.i.
請坐。

どうぞくつろいでね。
do.u.zo./ku.tsu.ro.i.de.ne.
當自己家。

Track 022

送客

實用問句

残ったお料理持って帰らない？
no.ko.tta./o.ryo.u.ri./mo.tte./ka.e.ra.na.i.
要不要把多的菜帶回去？

道地生活短句

駅まで車で送るよ。
e.ki.ma.de./ku.ru.ma.de./o.ku.ru.yo.
我開車送你到車站吧。

またいつでも来てね
ma.ta./i.tsu.de.mo./ki.te.ne.
隨時歡迎你來。

今度はご主人も連れて来てね。
ko.n.do.wa./go.shu.ji.n.mo./tsu.re.te./ki.te.ne.
下次帶你老公來吧。

もっとゆっくりしてていいのに。
mo.tto./yu.kku.ri./shi.te./te.i.i.no.ni.
再多待會嘛。

JAPAN

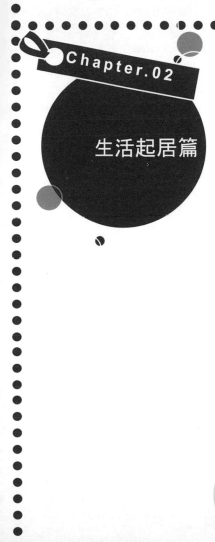

JAPAN

Track 023

起床

實用問句

よく眠（ねむ）れましたか？
yo.ku./ne.mu.re.ma.shi.ta.ka.
睡得好嗎？

起（お）きる時間（じかん）だよ。起（お）きて。
o.ki.ru./ji.ka.n.da.yo./o.ki.te.
起床時間到了，快起床。

道地生活短句

もう起（お）きたよ。
mo.u./o.ki.ta.yo.
我已經起來了。

寝坊（ねぼう）してしまった。
ne.bo.u.shi.te./shi.ma.tta.
不小心睡過頭了。

二度寝（にどね）してしまった。
ni.do.ne./shi.te.shi.ma.tta.
不小心又睡著。

作息

Track 023

實用問句

いつも早(はや)いですか？
i.tsu.mo./ha.ya.i./de.su.ka.
通常都很早嗎？

道地生活短句

仕事(しごと)の日(ひ)は早(はや)く起(お)きます
shi.go.to.no.hi.wa./ha.ya.ku./o.ki.ma.su.
上班日就會早起。

朝(あさ)は弱(よわ)いです。
a.sa.wa./yo.wa.i.de.su.
早上總起不來。

いつも遅(おそ)くまで起(お)きています。
i.tsu.mo./o.so.ku.ma.de./o.ki.te.i.ma.su.
總是很晚睡。

いつも夜更(よふ)かししています。
i.tsu.mo./yo.fu.ka.shi./shi.te.i.ma.su.
總是熬夜。

時間

實用問句

いまなんじ
今何時ですか？
i.ma./na.n.ji./de.su.ka.
現在幾點？

道地生活短句

じ　しゅっしゃ
いつも7時に出社します。
i.tsu.mo./shi.chi.ji.ni./shu.ssha.shi./ma.su.
通常是7點去上班。

まいにち　じかん
毎日3時間のウォーキングをしています。
ma.i.ni.chi./sa.n.ji.ka.n.no./wo.o.ki.n.gu.o./shi.te./i.ma.su.
每天都健走3小時。

じまえ
まだ8時前だわ。
ma.da./ha.chi.ji.ma.e./da.wa.
還沒8點。

日期

Track 024

實用問句

台湾（たいわん）にはいつまでいらっしゃるんですか？
ta.i.wa.n.ni.wa./i.tsu.ma.de./i.ra.ssha.ru.n.de.su.ka.
要在台灣待到什麼時候？

それっていつの話（はなし）？
so.re.tte./i.tsu.no./ha.na.shi.
那是什麼時候的事？

道地生活短句

7月（がつ）15日（にち）ですって。
shi.chi.ga.tsu./ju.u.go.ni.chi./de.su.tte.
聽說是7月15日。

あと2、3日（にち）じゃないかな。
a.to./ni.sa.n.ni.chi./ja.na.i.ka.na.
應該還有2、3天。

滞在期間（たいざいきかん）は1週間（いっしゅうかん）です。
ta.i.za.i.ki.ka.n.wa./i.sshu.u.ka.n.de.su.
預計會停留1週。

盥洗

實用問句

まだ、髪(かみ)をとかしてないでしょう？
ma.da./ka.mi.o./to.ka.shi.te./na.i.de.sho.u.
你還沒梳頭髮吧？

道地生活短句

ちょっと顔(かお)を洗(あら)ってくる。
cho.tto./ka.o.o./a.ra.tte./ku.ru.
我去洗把臉。

ちゃんと歯(は)を磨(みが)いたよ。
cha.n.to./ha.o./mi.ga.i.ta.yo.
我仔細刷過牙了。

ひげをそらなきゃ。
hi.ge.o./so.ra.na.kya.
該剃鬍子了。

トイレに行(い)く。
to.i.re.ni./i.ku.
我要去洗手間。

化妝

Track 025

實用問句

すっぴんで出掛(でか)けられますか？
su.ppi.n.de./de.ka.ke.ra.re.ma.su.ka.
如果不化妝敢出門嗎？

道地生活短句

初(はじ)めて鏡(かがみ)を見(み)ずにメイクをしてみた。
ha.ji.me.te./ka.ga.mi.o./mi.zu.ni./me.i.ku.o./shi.te.mi.ta.
初次試著不看鏡子化妝。

いつも日焼(ひや)け止(ど)めだけ塗(ぬ)って出(で)かけます。
i.tsu.mo./hi.ya.ke.do.me.da.ke./nu.tte./de.ka.ke.ma.su.
總是只塗防晒乳就出門。

毎朝(まいあさ)まゆげを描(か)くのに苦労(くろう)します。
ma.i.a.sa./ma.yu.ge.o./ka.ku.no.ni./ku.ro.u./shi.ma.su.
每天早上費工夫畫眉毛。

お化粧(けしょう)をしなくちゃ。
o.ke.sho.u.o./shi.na.ku.cha.
該化妝才行。

更衣

實用問句

ふさわしいように身(み)なりを整(ととの)えなさい。

fu.sa.wa.shi.i./yo.u.ni./mi.na.ri.o./to.to.no.e.na.sa.i.

穿衣打扮得得體一點吧！

何(なに)を着(き)ようかな。

na.ni.o./ki.yo.u.ka.na.

穿什麼好呢？

道地生活短句

今日(きょう)はスーツでお仕事(しごと)です。

kyo.u.wa./su.u.tsu.de./o.shi.go.to./de.su.

今天穿西裝去工作。

着物(きもの)に着替(きが)えて卒業式(そつぎょうしき)に出席(しゅっせき)しました。

ki.mo.no.ni./ki.ga.e.te./so.tsu.gyo.u.shi.ki.ni./shu.sse.ki.shi.ma.shi.ta.

穿上和服參加畢業典禮。

げっ、デニムが入(はい)らない。

ge./de.ni.mu.ga./ha.i.ra.na.i.

啊！牛仔褲穿不上。

就寢

Track 026

實用問句

きのう　てつや
昨日は徹夜でしたか？
ki.no.u.wa./te.tsu.ya./de.shi.ta.ka.
昨天熬夜了嗎？

おそ　はや　ね
もう遅いから、早く寝なさい。
mo.u./o.so.i.ka.ra./ha.ya.ku./ne.na.sa.i.
已經很晚了，快去睡。

道地生活短句

ね
もう寝るよ。おやすみなさい。
mo.u./ne.ru.yo./o.ya.su.mi./na.sa.i.
我要睡了，晚安。

きのう　ねつ
昨日はなかなか寝付けなかったです。
ki.no.u.wa./na.ka.na.ka./ne.tsu.ke.na.ka.tta./de.su.
昨天睡不好。

きのう　いっすい
昨日は一睡もできませんでした。
ki.no.u.wa./i.ssu.i.mo./de.ki.ma.se.n.de.shi.ta.
昨天完全沒辦法睡。

想睡覺

實用問句

まだ起(お)きているの？

ma.da./o.ki.te./i.ru.no.

你還不睡嗎？

道地生活短句

まだ眠(ねむ)いです。

ma.da./ne.mu.i.de.su.

還想睡。

....

もう眠気(ねむけ)が限界(げんかい)です。

mo.u./ne.mu.ke.ga./ge.n.ka.i.de.su.

想睡到不行。

....

授業中(じゅぎょうちゅう)にいつも、うとうとしてしまいます。

ju.gyo.u.chu.u.ni./i.tsu.mo./u.to.u.to.shi.te./shi.ma.i.ma.su.

上課的時候總是會打瞌睡。

....

お腹(なか)いっぱいで眠(ねむ)くなってきちゃった。

o.na.ka./i.ppa.i.de./ne.mu.ku.na.tte./ki.cha.tta.

吃得很飽所以開始想睡。

就寢準備

Track 027

實用問句

でんきけ
まだ電気消さないの？
ma.da./de.n.ki./ke.sa.na.i.no.
還不關燈嗎？

道地生活短句

あした　あさ　じ　お
明日の朝6時に起こしてください。
a.shi.ta.no./a.sa./ro.ku.ji.ni./o.ko.shi.te./ku.da.sa.i.
請在明早6點叫醒我。

めざ　じ
目覚ましを8時にセットしといて。
me.za.ma.shi.o./ha.chi.ji.ni./se.tto./shi.to.i.te.
（幫我）把鬧鐘設在8點。

ふとんほ
お布団干しといたから、ふかふか。
o.fu.to.n./ho.shi.to.i.ta.ka.ra./fu.ka.fu.ka.
先把棉被晒過了所以很鬆軟。

はい
ベッドに入る。
be.ddo.ni./ha.i.ru.
鑽進被窩。

悠閒生活

道地生活短句

ゴロゴロしている。
go.ro.go.ro./shi.te./i.ru.
慵懶在家。

ねむ
眠くてあくびをしてしまった。
ne.mu.ku.te./a.ku.bi.o./shi.te.shi.ma.tta.
很想睡忍不住打呵欠。

め　さ
目が覚める。
me.ga./sa.me.ru.
醒來。

ベッドでグズグズする。
be.ddo.de./gu.zu.gu.zu.su.ru.
賴床。

よこ
横になる。
yo.ko.ni.na.ru.
躺下。

預定行程

Track 028

實用問句

どにち　しゅっきん
土日も出勤ですか？
do.ni.chi.mo./shu.kki.n./de.su.ka.
週末也要上班嗎？

きょう　よてい
今日の予定は？
kyo.u.no./yo.te.i.wa.
今天預計要做什麼？

道地生活短句

がっこう　い
学校へ行ってきます。
ga.kko.u.e./i.tte./ki.ma.su.
我去上學了。

とう　み　い　よてい
テレビ塔を見に行く予定なんです。
te.re.bi.to.u.o./mi.ni./i.ku./yo.te.i./na.n./de.su.
我打算去看電視電波塔。

きょう　とく　よてい
今日は特に予定がありません。
kyo.u.wa./to.ku.ni./yo.te.i.ga./a.ri.ma.se.n.
今天沒特別要做什麼。

Track 029

打掃

實用問句

ゴミ捨てお願いできない？
go.mi.su.te./o.ne.ga.i./de.ki.na.i.
可以幫我倒垃圾嗎？

道地生活短句

洗剤が足りないから、買ってきます。
se.n.za.i.ga./ta.ri.na.i./ka.ra./ka.tte./ki.ma.su.
洗潔劑不夠了，我去買回來。

濡れたタオルで窓を拭いた。
nu.re.ta./ta.o.ru.de./ma.do.o./fu.i.ta.
用濕毛巾擦窗。

箒で床掃除した。
ho.u.ki.de./yu.ka.so.u.ji./shi.ta.
用掃帚掃地。

本棚を水拭きした。
ho.n.da.na.o./mi.zu.bu.ki./shi.ta.
用濕布擦書架。

電源

Track 029

實用問句

じゅうでんき　　か
充電器を貸していただけますか？
ju.u.de.n.ki.o./ka.shi.te./i.ta.da.ke.ma.su.ka.
請問可以借我充電器嗎？

道地生活短句

でんき
電気をつけて。
de.n.ki.o./tsu.ke.te.
（幫我）把燈打開。

でんげん　はい
電源が入らない。
de.n.ge.n.ga./ha.i.ra.na.i.
無法啟動電源。

けいたい　じゅうでん　き
携帯の充電が切れそう。
ke.i.ta.i.no./ju.u.de.n.ga./ki.re.so.u.
手機快沒電了。

でんげん　き
電源を切ってください。
de.n.ge.n.o./ki.tte./ku.da.sa.i.
請把電源關掉。

Track 030

電器用品

實用問句

掃除機(そうじき)かけてくれる？

so.u.ji.ki./ka.ke.te./ku.re.ru.

可以幫我吸地板嗎？（掃除機(そうじき)：吸塵器）

道地生活短句

電球(でんきゅう)を交換(こうかん)して。

de.n.kyu.u.o./ko.u.ka.n./shi.te.

你去換一下燈泡。

クーラーをタイマーにした。

ku.u.ra.a.o./ta.i.ma.a.ni./shi.ta.

冷氣定時了。

暑(あつ)いから暖房(だんぼう)を切(き)って。

a.tsu.i.ka.ra./da.n.bo.u.o./ki.tte.

太熱了，把暖氣關了吧。

扇風機(せんぷうき)を強(つよ)めにして。

se.n.pu.u.ki.o./tsu.yo.me.ni./shi.te.

把電風扇開強一點。

公用物品

Track 030

實用問句

パソコンを使(つか)いたいんだけど、まだ時間(じかん)かかる？
pa.so.ko.n.o./tsu.ka.i.ta.i.n./da.ke.do./ma.da./ji.ka.n./ka.ka.ru.
我想用電腦，你還要很久嗎？

道地生活短句

先(さき)に使(つか)っていいよ。
sa.ki.ni./tsu.ka.tte./i.i.yo.
你可以先用。

あと少(すこ)しで終(お)わるよ。
a.to./su.ko.shi.de./o.wa.ru.yo.
再一下就結束了。

今(いま)使(つか)っているから。
i.ma./tsu.ka.tte./i.ru./ka.ra.
我正在用啦。

ちょっとドライヤー貸(か)して。
cho.tto./do.ra.i.ya.a./ka.shi.te.
借我吹風機。

洗衣

實用問句

ふとん　ほ
布団を干そうかな？
fu.to.n.o./ho.so.u./ka.na.
要不要晒棉被呢？

道地生活短句

せんたくき　まわ
洗濯機を回す。
se.n.ta.ku.ki.o./ma.wa.su.
用洗衣機。

てあら
手洗いしてださい。
te.a.ra.i./shi.te./ku.da.sa.i.
請手洗。

かんそうき　しよう　さ
乾燥機の使用はお避けください。
ka.n.so.u.ki.no./shi.yo.u.wa./o.sa.ke./ku.da.sa.i.
請避免用烘乾機。/ 請勿烘乾。

ようふく　せんたく　い
洋服を洗濯ネットに入れる。
yo.u.fu.ku.o./se.n.ta.ku.ne.tto.ni./i.re.ru.
把衣服放到洗衣袋裡。

入浴

Track 031

實用問句

さきにお風呂入っていい？

sa.ki.ni./o.fu.ro./ha.i.tte./i.i.
我先去洗澡可以嗎？

道地生活短句

シャワー浴びるよ。

sha.wa.a./a.bi.ru.yo.
我要洗澡了。

ちょっと！水出しっぱなしだよ。

cho.tto./mi.zu.da.shi./ppa.na.shi.da.yo.
喂，你水龍頭沒關。

シャンプー切れているよ。

sha.n.pu.u./ki.re.te./i.ru.yo.
沒洗髮精了。

ぬるいから熱いお湯足してね

nu.ru.i.ka.ra./a.tsu.i./o.yu./ta.shi.te.ne.
洗澡水涼了，加點熱水吧。

減肥

實用問句

痩(や)せた？

ya.se.ta.

你是不是瘦了？

道地生活短句

太(ふと)ってしまいました。

fu.to.tte./shi.ma.i.ma.shi.ta.

不小心胖了。

痩(や)せているのに。

ya.se.te./i.ru.no.ni.

（你）明明就很瘦。

ダイエット中(ちゅう)です。

da.i.e.tto.chu.u.de.su.

正在減肥。

ダイエットは明日(あした)から。

da.i.e.tto.wa./a.shi.ta.ka.ra.

減肥從明天開始。

身體狀況

Track 032

實用問句

たいちょう
体調はいかがですか？
ta.i.cho.u.wa./i.ka.ga./de.su.ka.
身體狀況怎麼樣？

道地生活短句

たいちょう
体調がすぐれないです。
ta.i.cho.u.ga./su.gu.re.na.i.de.su.
身體狀況不好。

からだ
体がだるい。
ka.ra.da.ga./da.ru.i.
身體很沉重、沒力氣。

ねぶそく
寝不足です。
ne.bu.so.ku./de.su.
睡眠不足。

しょくよく
食欲がありません。
sho.ku.yo.ku.ga./a.ri.ma.se.n.
沒有食欲。

Track 033

感冒

實用問句

かぜ
風邪ですか？
ka.ze./de.su.ka.
感冒了嗎？

道地生活短句

かぜ
風邪をひいてしまった。
ka.ze.o./hi.i.te./shi.ma.tta.
不小心感冒了。

……………………………………………………

ねつ さ
熱が下がらない。
ne.tsu.ga./sa.ga.ra.na.i.
高溫不退。

……………………………………………………

かぜぎみ
風邪気味です。
ka.ze.gi.mi./de.su.
好像感冒了。

……………………………………………………

にちよう のど いた せき で
日曜から喉が痛くて咳が出てます。
ni.chi.yo.u./ka.ra./no.do.ga./i.ta.ku.te./se.ki.ga./de.te.ma.su.
從星期天開始，喉嚨就很痛，還會咳嗽。

受傷

Track 033

實用問句

その指(ゆび)の包帯(ほうたい)どうしたんですか？
so.no./yu.bi.no./ho.u.ta.i./do.u./shi.ta.n./de.su.ka.
你的手指怎麼會包著繃帶？

道地生活短句

指(ゆび)を切(き)りました。
yu.bi.o./ki.ri.ma.shi.ta.
手指割傷了。

ヒザを擦(す)りむきました。
hi.za.o./su.ri.mu.ki.ma.shi.ta.
膝蓋擦傷了。

虫(むし)に刺(さ)されました。
mu.shi.ni./sa.sa.re.ma.shi.ta.
被蟲咬了。

犬(いぬ)に咬(か)まれました。
i.nu.ni./ka.ma.re.ma.shi.ta.
被狗咬了。

Track 034

筋骨傷

實用問句

腰痛にはどんな湿布がいいですか？
yo.u.tsu.u.ni.wa./do.n.na./shi.ppu.ga./i.i.de.su.ka.
腰痛該貼哪種貼布好呢？

道地生活短句

ぎっくり腰になってしまいました。
gi.kku.ri.go.shi.ni./na.tte./shi.ma.i.ma.shi.ta.
不小心閃到腰。

突き指しました。
tsu.ki.yu.bi./shi.ma.shi.ta.
手指挫傷了。

足を骨折しました。
a.shi.o./ko.sse.tsu./shi.ma.shi.ta.
腳骨折了。

手首を捻挫しました。
te.ku.bi.o./ne.n.za.shi.ma.shi.ta.
手腕扭傷了。

疾病

Track 034

實用問句

持病（じびょう）ありますか？
ji.byo.u./a.ri.ma.su.ka.
有慢性病嗎？

道地生活短句

低血圧（ていけつあつ）で朝（あさ）はいつもこんななの。
te.i.ke.tsu.a.tsu.de./a.sa.wa./i.tsu.mo./ko.n.na.na.no.
因為低血壓，所以早上老是這樣。

不眠症（ふみんしょう）に悩（なや）んでいます。
fu.mi.n.sho.u.ni./na.ya.n.de./i.ma.su.
為失眠所苦。

メタボリックじゃないかと…。
me.ta.bo.ri.kku./ja.na.i.ka.to.
會不會是代謝症候群。

私（わたし）は子（こ）どもの頃（ころ）から心臓（しんぞう）に持病（じびょう）があります。
wa.ta.shi.wa./ko.do.mo.no./ko.ro./ka.ra./shi.n.zo.u.ni./ji.byo.u.ga./a.ri.ma.su.
我從小就有心臟方面的疾病。

Track 035

疼痛

實用問句

どこが痛(いた)みますか？

do.ko.ga./i.ta.mi.ma.su.ka.

哪裡痛呢？

道地生活短句

胃(い)が痛(いた)いです。

i.ga./i.ta.i.de.su.

胃痛。

腰痛(ようつう)がひどいです。

yo.u.tsu.u.ga./hi.do.i.de.su.

腰疼得厲害。

筋肉痛(きんにくつう)がひどいです。

ki.n.ni.ku.tsu.u.ga./hi.do.i.de.su.

肌肉很痠痛。

冷(つめ)たいものを食(た)べると歯(は)がしみる。

tsu.me.ta.i./mo.no.o./ta.be.ru.to./ha.ga./shi.mi.ru.

吃冰的東西牙齒就會酸痛。

不適

Track 035

實用問句

ふつかよ
二日酔いですか？
fu.tsu.ka.yo.i.de.su.ka.
宿醉嗎？

道地生活短句

は　け
吐き気がします。
ha.ki.ke.ga./shi.ma.su.
想吐。

ねっちゅうしょう　あたま　いた
熱中症で頭が痛い。
ne.cchu.u.sho.u.de./a.ta.ma.ga./i.ta.i.
因為中暑，所以頭很痛。

はなみず　と
鼻水が止まりません。
ha.na.mi.zu.ga./to.ma.ri.ma.se.n.
鼻水流個不停。

めまいがします。
me.ma.i.ga./shi.ma.su.
頭暈。

疲勞

實用問句

じ さ
時差ボケですか？
ji.sa.bo.ke.de.su.ka.
因為時差不適嗎？

道地生活短句

つか
疲れています。
tsu.ka.re.te./i.ma.su.
累了。

つか
疲れきっています。
tsu.ka.re.ki.tte./i.ma.su.
累翻了。

へとへとです。
he.to.he.to.de.su.
精疲力盡。

ひろうこん
疲労困ぱいです。
hi.ro.u.ko.n.pa.i.de.su.
精疲力盡。

過敏

Track 036

實用問句

くすり
薬 にアレルギーがありますか？
ku.su.ri.ni./a.re.ru.gi.i.ga./a.ri.ma.su.ka.
有藥物過敏嗎？

道地生活短句

わたし　かふん
私 は花粉アレルギーです。
wa.ta.shi.wa./ka.fu.n./a.re.ru.gi.i./de.su.
我對花粉過敏。

ふつ か　はな　つ　ねむ
ここ 2 日、鼻が詰まって眠れないんです。
ko.ko.fu.tsu.ka./ha.na.ga./tsu.ma.tte./ne.mu.re.na.i.n.de.su.
這 2 天因為鼻塞沒辦法睡。

と
くしゃみが止まりません。
ku.sha.mi.ga./to.ma.ri.ma.se.n.
不停地打噴嚏。

め　は
目が腫れています。
me.ga./ha.re.te.i.ma.su.
眼睛腫了。

人體特徵

實用問句

田中先生(たなかせんせい)って見(み)た目(め)はどんな感(かん)じですか？
ta.na.ka./se.n.se.i.tte./mi.ta.me.wa./do.n.na./ka.n.ji./de.su.ka.
田中老師外表看起來怎麼樣？

道地生活短句

彼女(かのじょ)はガリガリに痩(や)せています。
ka.no.jo.wa./ga.ri.ga.ri.ni./ya.se.te./i.ma.su.
她瘦得皮包骨。

背(せ)が高(たか)くて、足(あし)がすらっと長(なが)いです。
se.ga./ta.ka.ku.te./a.shi.ga./su.ra.tto./na.ga.i./de.su.
長得很高，腳很細長。

猫背(ねこぜ)です。
ne.ko.ze./de.su.
駝背。

私(わたし)より背(せ)が低(ひく)いです。
wa.ta.shi./yo.ri./se.ga./hi.ku.i./de.su.
比我矮。

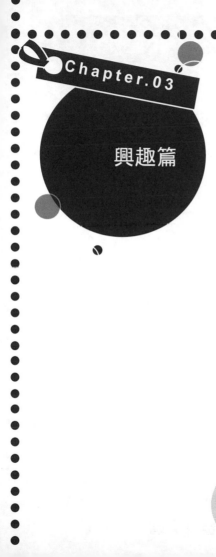

Chapter.03
興趣篇

Track 038

興趣

實用問句

趣味はなんですか？

shu.mi.wa./na.n.de.su.ka.

你的興趣是什麼？

サッカーはお好きですか？

sa.kka.a.wa./o.su.ki./de.su.ka.

你喜歡足球嗎？

道地生活短句

私の趣味は写真を撮ることです。

wa.ta.shi.no./shu.mi.wa./sha.shi.n.o./to.ru./ko.to./de.su.

我的興趣是拍照。

料理に興味があります。

ryo.u.ri.ni./kyo.u.mi.ga./a.ri.ma.su.

對烹飪有興趣。

社会人フットサルチームに入っています。

sha.ka.i.ji.n./fu.tto.sa.ru./chi.i.mu.ni./ha.i.tte./i.ma.su.

我有加入業餘 5 人制足球隊。

熱衷

Track 038

實用問句

休日（きゅうじつ）はどう過（す）ごしていますか？
kyu.u.ji.tsu.wa./do.u./su.go.shi.te./i.ma.su.ka.
假日都怎麼度過？

道地生活短句

テニスにはまっています。
te.ni.su.ni./ha.ma.tte./i.ma.su.
沉迷於網球。

毎日（まいにち）ブログは欠（か）かしません。
ma.i.ni.chi./bu.ro.gu.wa./ka.ka.shi.ma.se.n.
每一天都要經營部落格。

週末（しゅうまつ）はゲームばかりしています。
shu.u.ma.tsu.wa./ge.e.mu./ba.ka.ri./shi.te./i.ma.su.
週末總是在玩電玩。

去年（きょねん）からアイドルにはまった。
kyo.ne.n./ka.ra./a.i.do.ru.ni./ha.ma.tta.
去年開始迷偶像。

生活樂趣

實用問句

ふだんなに
普段何をしていますか？

fu.da.n./na.ni.o./shi.te./i.ma.su.ka.

平常都做什麼？

すいえい　たの
水泳は楽しいですか？

su.i.e.i.wa./ta.no.shi.i./de.su.ka.

游泳開心嗎？

道地生活短句

かよ
スポーツジムに通っています。

su.po.o.tsu.ji.mu.ni./ka.yo.tte./i.ma.su.

平時在上健身房。

あつ
フィギュアを集めています。

fi.gyu.a.o./a.tsu.me.te./i.ma.su.

在收集公仔。

かつどう　さんか
ボランティア活動に参加しています。

bo.ra.n.ti.a.ka.tsu.do.u.ni./sa.n.ka./shi.te./i.ma.su.

在參與志工活動。

藝文會場

Track 039

實用問句

いっしょ　びじゅつかん　い
一緒に美術館に行きませんか？
i.ssho.ni./bi.ju.tsu.ka.n.ni./i.ki.ma.se.n.ka.
要不要一起去美術館？

道地生活短句

きょうしみんかいかん
今日市民会館でライブがあるらしい。
kyo.u./shi.mi.n.ka.i.ka.n.de./ra.i.bu.ga./a.ru.ra.shi.i.
今天在市民會館好像有表演。

げんさく　らいげつ　はくぶつかん　てんじ
原作が来月から博物館で展示されます。
ge.n.sa.ku.ga./ra.i.ge.tsu.ka.ra./ha.ku.bu.tsu.ka.n.de./te.n.ji./sa.re.ma.su.
原作從下個月開始會展示在博物館。

きょう　かがくかん　も
今日は科学館でイベントが盛りだくさんです。
kyo.u.wa./ka.ga.ku.ka.n.de./i.be.n.to.ga./mo.ri.da.ku.sa.n./de.su.
今天在科學館有好多活動。

藝文活動 - 展覽

實用問句

どんなアートが好(す)きですか？
do.n.na./a.a.to.ga./su.ki./de.su.ka.
你喜歡哪方面的藝術？

道地生活短句

三越(みつこし)で食器(しょっき)の展示会(てんじかい)があるらしい。
mi.tsu.ko.shi.de./sho.kki.no./te.n.ji.ka.i.ga./a.ru.ra.shi.i.
在三越百貨好像有展示會。

シュールなものに興味(きょうみ)あるの。
shu.u.ru.na./mo.no.ni./kyo.u.mi./a.ru.no.
我喜歡奇特的東西。

ゴッホの絵(え)を生(なま)で見(み)てみたい。
go.hho.no./e.o./na.ma.de./mi.te./mi.ta.i.
想親眼看看梵谷的畫。

浮世絵(うきよえ)を見(み)て衝撃(しょうげき)を受(う)けました。
u.ki.yo.e.o./mi.te./sho.u.ge.ki.o./u.ke.ma.shi.ta.
看了浮世繪受到了很大的衝擊。

藝文活動 - 演劇

Track 040

實用問句

いまにんき　なん
今人気のオペラは何ですか？
i.ma./ni.n.ki.no./o.pe.ra.wa./na.n.de.su.ka.
現在最受歡迎的歌劇是哪一齣？

道地生活短句

ほんば　ちが
本場のミュージカルは違いますね！
ho.n.ba.no./myu.u.ji.ka.ru.wa./chi.ga.i.ma.su.ne.
正統的音樂劇就是不同！

かぶき　きょうみ
歌舞伎に興味があります。
ka.bu.ki.ni./kyo.u.mi.ga./a.ri.ma.su.
我對歌舞伎有興趣。

にほんご　き　と
日本語のセリフが聞き取れない。
ni.ho.n.go.no./se.ri.fu.ga./ki.ki.to.re.na.i.
聽不懂日語台詞。

うた　たの
歌やダンスだけでも楽しいです。
u.ta.ya./da.n.su.da.ke./de.mo./ta.no.shi.i.de.su.
光看歌舞也很享受。

藝文活動 - 演奏

實用問句

好(す)きな音楽(おんがく)のジャンルは何(なん)ですか？
su.ki.na./o.n.ga.ku.no./ja.n.ru.wa./na.n.de.su.ka.
喜歡什麼類型的音樂？

道地生活短句

ジャズが一番(いちばん)好(す)きです。
ja.zu.ga./i.chi.ba.n./su.ki.de.su.
最喜歡聽爵士樂。

なんでも聞(き)きます。
na.n.de.mo./ki.ki.ma.su.
什麼都聽。

ドラムをやっています。
do.ra.mu.o./ya.tte.i.ma.su.
有在打鼓。

ギターが弾(ひ)けます。
gi.ta.a.ga./hi.ke.ma.su.
會彈吉他。

觀賞活動

Track 041

實用問句

こんど　いっしょ　しあい　み　い
今度、一緒に試合を見に行きませんか？
ko.n.do./i.ssho.ni./shi.a.i.o./mi.ni./i.ki.ma.se.n.ka.
下次要不要一起去看比賽？

道地生活短句

かくとうぎ　み　す
格闘技を見るのが好きです。
ka.ku.to.u.gi.o./mi.ru.no.ga./su.ki./de.su.
我喜歡看格鬥技。

すもう　だいす
相撲が大好きなんだ。
su.mo.u.ga./da.i.su.ki./na.n.da.
我很喜歡相撲。

あいだ　ねぶそく
ワールドカップの間はいつも寝不足だ。
wa.a.ru.do.ka.ppu.no./a.i.da.wa./i.tsu.mo./ne.bu.so.ku.da.
世界盃期間總是睡眠不足。

す
ギャラリーめぐりが好きです。
gya.ra.ri.i./me.gu.ri.ga./su.ki.de.su.
喜歡逛畫廊。

Track 042

偶像藝能

實用問句

好(す)きなアーティストはいますか？

su.ki.na./a.a.ti.su.to.wa./i.ma.su.ka.

有喜歡的藝人嗎？

道地生活短句

アイドル好(ず)きです。

a.i.do.ru.zu.ki.de.su.

喜歡偶像歌手。

お笑(わら)い芸人(げいにん)が好(す)きです。

o.wa.ra.i.ge.i.ni.n.ga./su.ki.de.su.

喜歡搞笑藝人。

この俳優(はいゆう)が好(す)きです。

ko.no./ha.i.yu.u.ga./su.ki.de.su.

喜歡這個（男）演員。

踊(おど)って歌(うた)えるアーティストが好(す)きです。

o.do.tte./u.ta.e.ru./a.a.ti.su.to.ga./su.i.de.su.

喜歡會跳又能唱的歌手。

買門票

Track 042

實用問句

どこでチケットを買(か)えますか？
do.ko.de./chi.ke.tto.o./ka.e.ma.su.ka.
在哪裡買票？

今晩(こんばん)のチケットはまだありますか？
ko.n.ba.n.no./chi.ke.tto.wa./ma.da./a.ri.ma.su.ka.
還有今晚的票嗎？

払(はら)い戻(もど)せますか？
ha.ra.i.mo.do.se.ma.su.ka.
可以退嗎？

道地生活短句

ネットでチケットを予約(よやく)しました。
ne.tto.de./chi.ke.tto.o./yo.ya.ku./shi.ma.shi.ta.
我在網路預約了票。

なるべく前(まえ)の席(せき)がいいのですが。
na.ru.be.ku./ma.e.no./se.ki.ga./i.i.no./de.su.ga.
我想要前面一點的位子。

Track 043

入場

實用問句

どのゲートから入(はい)ればいいですか？

do.no./ge.e.to./ka.ra./ha.i.re.ba./i.i.de.su.ka.

該從哪個入口進去？

席(せき)はどこですか？

se.ki.wa./do.ko./de.su.ka.

位子在哪裡？

道地生活短句

珍(めずら)しく満席(まんせき)だね！

me.zu.ra.shi.ku./ma.n.se.ki./da.ne.

真難得客滿呢！

最後尾(さいこうび)ではありません。

sa.i.go.u.bi./de.wa./a.ri.ma.se.n.

這裡不是排隊人龍的尾端。

あれ？試合(しあい)もう始(はじ)まっている！

a.re./shi.a.i./mo.u./ha.ji.ma.tte./i.ru.

咦？比賽已經開始了！

電腦

Track 043

實用問句

ネットショッピングに詳(くわ)しいですか？
ne.tto.sho.ppi.n.gu.ni./ku.wa.shi.i./de.su.ka.
你熟網路購物嗎？

道地生活短句

なんでもネットで調(しら)べます。
na.n.de.mo./ne.tto.de./shi.ra.be.ma.su.
不管什麼都在網上查。

パソコンが得意(とくい)です。
pa.so.ko.n.ga./to.ku.i./de.su.
很懂電腦。

いつもスマホをいじっています。
i.tsu.mo./su.ma.ho.o./i.ji.tte./i.ma.su.
總是在玩智慧型手機。

1日(にち)に3時間以上(じかんいじょう)ネットをやっている。
i.chi.ni.chi.ni./sa.n.ji.ka.n./i.jo.u./ne.tto.o./ya.tte./i.ru.
1天有3個小時以上在上網。

電玩

實用問句

DSのおすすめのオンラインゲームありますか？

di.e.su.no./o.su.su.me.no./o.n.ra.i.n.ge.e.mu./a.ri.ma.su.ka.

你有推薦的DS線上遊戲嗎？

今（いま）はどんなゲームをやっていますか？

i.ma.wa./do.n.na./ge.e.mu.o./ya.tte./i.ma.su.ka.

現在在玩什麼遊戲呢？

道地生活短句

私（わたし）の趣味（しゅみ）はゲームです。

wa.ta.shi.no./shu.mi.wa./ge.e.mu./de.su.

我的興趣是電玩。

ゲームアプリに夢中（むちゅう）です。

ge.e.mu./a.pu.ri.ni./mu.chu.u./de.su.

熱衷於玩遊戲APP。

戶外體育活動

Track 044

實用問句

好(す)きなスポーツは何(なん)ですか？
su.ki.na./su.po.o.tsu.wa./na.n./de.su.ka.
你喜歡什麼運動？

道地生活短句

サーフィンをしていました。
sa.a.fi.n.o./shi.te.i.ma.shi.ta.
以前曾經玩過沖浪。

ゴルフが好(す)きです。
go.ru.fu.ga./su.ki.de.su.
我喜歡打高爾夫球。

見(み)るのも、するのも好(す)きです。
mi.ru.no.mo./su.ru.no.mo./su.ki./de.su.
喜歡看，也喜歡打。

東京(とうきょう)でフルマラソンに挑戦(ちょうせん)した。
to.u.kyo.u.de./fu.ru.ma.ra.so.n.ni./cho.u.se.n./shi.ta.
在東京挑戰了全馬。

室內體育活動

實用問句

卓球（たっきゅう）に興味（きょうみ）ありますか？
ta.kkyu.u.ni./kyo.u.mi./a.ri.ma.su.ka.
對桌球有興趣嗎？

道地生活短句

ヨガを習（なら）い始（はじ）めました。
yo.ga.o./na.ra.i./ha.ji.me.ma.shi.ta.
開始學瑜珈。

スポーツジムに通（かよ）う予定（よてい）です。
su.po.o.tsu.ji.mu.ni./ka.yo.u./yo.te.i.de.su.
準備去上健身房。

バドミントンを習（なら）っています。
ba.do.mi.n.to.n.o./na.ra.tte./i.ma.su.
正在學羽毛球。

バレーやっています。
ba.re.e./ya.tte./i.ma.su.
我有玩排球。

支持的隊伍

Track 045

實用問句

す
どこのチームが好きですか？
do.ko.no./chi.i.mu.ga./su.ki./de.su.ka
你支持哪一隊？

道地生活短句

はんしん
阪神ファンです。
ha.n.shi.n./fa.n./de.su.
是阪神的球迷。

きょじん　おうえん
巨人を応援しています。
kyo.ji.n.o./o.u.e.n./shi.te./i.ma.su.
支持巨人隊。

しあい　とき　み　い
試合のある時は見に行きます。
shi.a.i.no./a.ru./to.ki.wa./mi.ni./i.ki.ma.su.
有比賽時會去看。

こっかだいひょう　しあい　み
国家代表の試合なら見るよ。
ko.kka.da.i.hyo.u.no./shi.a.i./na.ra./mi.ru.yo.
如果是國家隊的比賽就會看。

勝敗

實用問句

今(こん)シーズンはどこが優勝(ゆうしょう)すると思(おも)う？
ko.n.shi.i.zu.n.wa./do.ko.ga./yu.u.sho.u.su.ru.to./o.mo.u.
你覺得這季誰會優勝？

どっちが勝(か)っているの？
do.cchi.ga./ka.tte./i.ru.no.
現在誰領先？

道地生活短句

さっきまで勝(か)っていたのに。
sa.kki./ma.de./ka.tte./i.ta./no.ni.
剛剛明明還是贏的。

まだ同点(どうてん)だよ。
ma.da./do.u.te.n./da.yo.
目前還平手。

逆転(ぎゃくてん)されてしまった。
gya.ku.te.n./sa.re.te./shi.ma.tta.
被逆轉了。

電視

Track 046

實用問句

チャンネルを変(か)えてもいいですか？
cha.n.ne.ru.o./ka.e.te.mo./i.i.de.su.ka.
可以換一個頻道嗎？

何(なん)チャンですか？
na.n./cha.n./de.su.ka.
第幾頻道？

道地生活短句

コマーシャル長(なが)いな。
ko.ma.a.sha.ru./na.ga.i.na.
廣告真長。

ボリューム下(さ)げて。
bo.ryu.u.mu./sa.ge.te.
把音量調小一點。

9時(じ)からドラマ見(み)せて。
ku.ji.ka.ra./do.ra.ma./mi.se.te.
9點讓我看連續劇。

Track 047

電影

實用問句

その映画館(えいがかん)で何(なに)が上映(じょうえい)されていますか？

so.no./e.i.ga.ka.n.de./na.ni.ga./jo.u.e.i./sa.re.te./i.ma.su.ka.

那間戲院正在上映什麼片呢？

日本語(にほんご)の字幕(じまく)はありますか？

ni.ho.n.go.no./ji.ma.ku.wa./a.ri.ma.su.ka.

有日語字幕嗎？

道地生活短句

最近(さいきん)は日本映画(にほんえいが)に注目(ちゅうもく)していますよ。

sa.i.ki.n.wa./ni.ho.n.e.i.ga.ni./chu.u.mo.ku.shi.te./i.ma.su.yo.

我最近對日本電影很有興趣。

ホラーが苦手(にがて)です。

ho.ra.a.ga./ni.ga.te.de.su.

不喜歡看恐怖片。

映画館(えいがかん)で見(み)るよりレンタル派(は)です。

e.i.ga.ka.n.de./mi.ru.yo.ri./re.n.ta.ru.ha./de.su.

與其上電影院，我傾向租片來看。

美容

Track 047

實用問句

普段(ふだん)はどのようなケアをしていますか？
fu.da.n.wa./do.no.yo.u.na./ke.a.o./shi.te./i.ma.su.ka.
平常都怎麼保養呢？

道地生活短句

毛穴(けあな)が気(き)になります。
ke.a.na.ga./ki.ni./na.ri.ma.su.
很在意毛孔問題。

顔(かお)のシミが気(き)になります。
ka.o.no./shi.mi.ga./ki.ni./na.ri.ma.su.
很在意臉上的斑。

目尻(めじり)のシワを目立(めだ)たなくしたいんです。
me.ji.ri.no./shi.wa.o./me.da.ta.na.ku./shi.ta.i.n.de.su.
想要讓眼尾的皺紋不那麼顯眼。

ニキビができやすくて困(こま)っています。
ni.ki.bi.ga./de.ki.ya.su.ku.te./ko.ma.tte./i.ma.su.
容易長痘子讓我很困擾。

美髮

實用問句

どのようになさいますか？

do.no.yo.u.ni./na.sa.i.ma.su.ka.

想弄怎麼樣的髮型？

道地生活短句

切り過ぎないようにしてください。

ki.ri.su.gi.na.i./yo.u.ni./shi.te./ku.da.sa.i.

請不要剪太多。

髪を短くしたいと思っています。

ka.mi.o./mi.ji.ka.ku.shi.ta.i.to./o.mo.tte./i.ma.su.

想要把頭髮剪短。

明るい茶色に染めたいです。

a.ka.ru.i./cha.i.ro.ni./so.me.ta.i./de.su.

想要染成亮棕色。

軽くパーマかけようかな。

ka.ru.ku./pa.a.ma./ka.ke.yo.u./ka.na.

我要不要稍微燙個頭髮呢。

時尚

Track 048

實用問句

何色(なにいろ)が似合(にあ)うと思(おも)う？

na.ni.i.ro.ga./ni.a.u.to./o.mo.u.

你覺得和什麼顏色比較搭？

道地生活短句

最近(さいきん)ファッションについて興味(きょうみ)がわいてきました。

sa.i.ki.n./fa.ssho.n.ni./tsu.i.te./kyo.u.mi.ga./wa.i.te./ki.ma.shi.ta.

最近對時尚產生了興趣。

服(ふく)のコーディネートを考(かんが)えるのが楽(たの)しい。

fu.ku.no./ko.o.di.ne.e.to.o./ka.n.ga.e.ru.no.ga./ta.no.shi.i.

思考衣服的穿搭很開心。

おしゃれ！

o.sha.re.

很時尚！

ださい。

da.sa.i.

土裡土氣、很糟。

Track 049

健身

實用問句

足(あし)細(ほそ)いですね、普段(ふだん)何(なに)かされているんですか？

a.shi.ho.so.i./de.su.ne./fu.da.n./na.ni.ka./sa.re.te./i.ru.n./de.su.ka.

你的腳好細，平常有做什麼嗎？

道地生活短句

スポーツクラブに通(かよ)おうと思(おも)っています。

su.po.o.tsu.ku.ra.bu.ni./ka.yo.o.u.to./o.mo.tte./i.ma.su.

想要加入健身俱樂部。

体力(たいりょく)をつけるためにトレーニングしている。

ta.i.ryo.ku.o./tsu.ke.ru./ta.me.ni./to.re.e.ni.n.gu.shi.te./i.ru.

為了鍛練體力而做訓練。

友達(ともだち)と一緒(いっしょ)にジムに通(かよ)い始(はじ)めました。

to.mo.da.chi.to./i.ssho.ni./ji.mu.ni./ka.yo.i./ha.ji.me.ma.shi.ta.

開始和朋友上健身房。

閱讀

Track 049

實用問句

今日(きょう)の朝刊(ちょうかん)読(よ)んだ？

kyo.u.no./cho.u.ka.n./yo.n.da.

你看過今天的早報了嗎？

道地生活短句

推理小説(すいりしょうせつ)を楽(たの)しんでいます。

su.i.ri.sho.u.se.tsu.o./ta.no.shi.n.de./i.ma.su.

熱衷看推理小說。

久々(ひさびさ)に素敵(すてき)なエッセイに出会(であ)ったわ。

hi.sa.bi.sa.ni./su.te.ki.na./e.sse.i.ni./de.a.tta.wa.

好久沒讀到這麼棒的散文了。

早(はや)く結末(けつまつ)が知(し)りたい。

ha.ya.ku./ke.tsu.ma.tsu.ga./shi.ri.ta.i.

希望早點知道結局。

話題(わだい)の小説(しょうせつ)だから読(よ)んでおかないと。

wa.da.i.no./sho.u.se.tsu./da.ka.ra./yo.n.de./o.ka.na.i.to.

因為是熱門的小說，所以一定要看。

動畫

實用問句

日本のアニメなど興味ありますか？
ni.ho.n.no./a.ni.me.na.do./kyo.u.mi./a.ri.ma.su.ka.
對日本的動畫有興趣嗎？

道地生活短句

あの漫画はやっとアニメ化が決まったのね。
a.no./ma.n.ga.wa./ya.tto./a.ni.me.ka.ga./ki.ma.tta./no.ne.
那部漫畫終於要翻拍成動畫了。

小さい頃からアニメが好きです。
chi.i.sa.i./ko.ro./ka.ra./a.ni.me.ga./su.ki./de.su.
從小就喜歡看動畫。

キティちゃんは女の子にとても人気だ。
ki.ti.cha.n.wa./o.n.na.no.ko.ni./to.te.mo./ni.n.ki.da.
凱蒂貓很受女孩子的歡迎。

アニメで日本語を学んだ。
a.ni.me.de./ni.ho.n.go.o./ma.na.n.da.
透過看動畫學日語。

漫畫

Track 050

實用問句

まんが　か　しゅうかん
漫画を買う習慣がありますか？
ma.n.ga.o./ka.u./shu.u.ka.n.ga./a.ri.ma.su.ka.
你有買漫畫週刊的習慣嗎？

道地生活短句

いま　れんさい　おもしろ
今の連載は面白い。
i.ma.no./re.n.sa.i.wa./o.mo.shi.ro.i.
現在的連載很有趣。

さいきんね　まえ　まんが　よ　にっか
最近寝る前に漫画を読むのが日課になった。
sa.i.ki.n./ne.ru./ma.e.ni./ma.n.ga.o./yo.mu.no.ga./ni.kka.ni./na.tta.
最近變得每天睡前都要看漫畫。

きょういくもくてき　まんが　す
教育目的の漫画も好きです。
kyo.u.i.ku./mo.ku.te.ki.no./ma.n.ga.mo./su.ki.de.su.
也喜歡具有教育目的的漫畫。

いま　まんが　よ
今はスマホで漫画を読む。
i.ma.wa./su.ma.ho.de./ma.n.ga.o./yo.mu.
現在都用智慧型手機看漫畫。

桌遊

實用問句

ボードゲームにハマったきっかけはどのゲームですか？

bo.o.do.ge.e.mu.ni./ha.ma.tta./ki.ka.kke.wa./do.no./ge.e.mu./de.su.ka.

是什麼遊戲讓你愛上桌遊的呢？

道地生活短句

私(わたし)は父(ちち)と将棋(しょうぎ)や囲碁(いご)をやると全然(ぜんぜん)勝(か)てません。

wa.ta.shi.wa./chi.chi.to./sho.u.gi.ya./i.go.o./ya.ru.to./ze.n.ze.n./ka.te.ma.se.n.

我和父親下將棋或圍棋從來沒贏過。

人生(じんせい)ゲームは小(ち)さい頃(ころ)にやっていたよ。

ji.n.se.i.ge.e.mu.wa./chi.i.sa.i./ko.ro.ni./ya.tte./i.ta.yo.

小時候玩過大富翁。

最近(さいきん)の休日(きゅうじつ)はボードゲームをやるようになった。

sa.i.ki.n.no./kyu.u.ji.tsu.wa./bo.o.do.ge.e.mu.o./ya.ru.yo.u.ni./na.tta.

最近養成了假日玩桌遊的習慣。

Chapter.04
情緒篇

個性 － 正面

實用問句

田中課長(たなかかちょう)はどんな性格(せいかく)ですか？

ta.na.ka./ka.cho.u.wa./do.n.na./se.i.ka.ku./de.su.ka.

田中課長的個性怎麼樣？

道地生活短句

落(お)ち着(つ)いた性格(せいかく)です。

o.chi.tsu.i.ta./se.i.ka.ku./de.su.

個性很沉穩。

陽気(ようき)な人(ひと)です。

yo.u.ki.na./hi.to./de.su.

很開朗的人。

正直(しょうじき)でまっすぐです。

sho.u.ji.ki.de./ma.ssu.gu.de.su.

誠實又直率。

几帳面(きちょうめん)です。

ki.cho.u.me.n.de.su.

很一絲不苟。

個性 － 負面

Track 052

實用問句

田中先生（たなかせんせい）はどんな人（ひと）ですか？
ta.na.ka./se.n.se.i.wa./do.n.na./hi.to./de.su.ka.
田中老師是怎麼樣的人呢？

道地生活短句

かなり短気（たんき）です。
ka.na.ri./ta.n.ki./de.su.
非常沒耐性。

頑固（がんこ）な人（ひと）です。
ga.n.ko.na./hi.to./de.su.
很固執的人。

つまらない人（ひと）です。
tsu.ma.ra.na.i./hi.to./de.su.
很無趣的人。

飽（あ）きっぽいです。
a.ki.ppo.i./de.su.
總是 3 分鐘熱度。

Track 053

稱讚 － 外表

實用問句

髪切った？似合うね。
ka.mi./ki.tta./ni.a.u.ne.
剪頭髮了？很適合你喔。

道地生活短句

元気そうだね。
ge.n.ki.so.u./da.ne.
氣色不錯嘛。

今日も綺麗だね。
kyo.u.mo./ki.re.i./da.ne.
今天也很漂亮喔。

かっこいいです。
ka.kko./i.i./de.su.
很帥。

今日の服、上品でとっても素敵ですね
kyo.u.no./fu.ku./jo.u.hi.n.de./to.tte.mo./su.te.ki./de.su.ne.
今天的衣服感覺很有氣質非常棒喔。

批評 – 外表

Track 053

實用問句

なに　ふく
何その服？
na.ni./so.no./fu.ku.
那衣服是怎麼回事？

道地生活短句

げんき
元気ないね。
ge.n.ki./na.i.ne.
看起來沒什麼精神耶。

あせくさ
汗臭いな。
a.se.ku.sa.i.na.
都是汗臭味。

きたな
汚いな。
ki.ta.na.i.na.
好髒喔。

ふく　かのじょ　にあ
あの服、彼女には似合わないな。
a.no./fu.ku./ka.no.jo.ni.wa./ni.a.wa.na.i.na.
那件衣服不適合她穿啊。

Track 054

鼓勵

道地生活短句

がんば
頑張ってください。

ga.n.ba.tte./ku.da.sa.i.

請加油。

きっと、うまくいくよ。

ki.tto./u.ma.ku./i.ku.yo.

一定會順利的。

なんとかなるよ。

na.n.to.ka./na.ru.yo.

船到橋頭自然直。／總會有辦法的。

だいじょうぶ
きっと大丈夫だよ。

ki.tto./da.i.jo.u.bu.da.yo.

一定沒問題的。

がんば
くじけず頑張れ。

ku.ji.ke.zu./ga.n.ba.re.

再接再勵。

安慰

Track 054

道地生活短句

無理(むり)しないでね。
mu.ri./shi.na.i.de.ne.
不要太勉強自己。

元気出(げんきだ)して。
ge.n.ki./da.shi.te.
打起精神來。

誰(だれ)にだってミスはあるさ。
da.re.ni.da.tte./mi.su.wa./a ru.sa.
是人都會犯錯。

また次(つぎ)あるから。
ma.ta./tsu.gi./a.ru./ka.ra.
下次還有機會。

あなたはよく頑張(がんば)ったよ。
a.na.ta.wa./yo.ku./ga.n.ba.tta.yo.
你已經盡力了。

Track 055

煩惱

實用問句

なにか困(こま)ったことでもあるの？
na.ni.ka./ko.ma.tta./ko.to./de.mo./a.ru.no.
有什麼困擾嗎？

道地生活短句

仕事(しごと)がうまくいってなくてイライラしている。
shi.go.to.ga./u.ma.ku./i.tte./na.ku.te./i.ra.i.ra./shi.te./i.ru.
工作不順覺得很煩躁。

パソコンが壊(こわ)れて困(こま)っているんです。
pa.so.ko.n.ga./ko.wa.re.te./ko.ma.tte./i.ru.n./de.su.
電腦壞了很煩惱。

腰痛(ようつう)に悩(なや)まされているんだ。
yo.u.tsu.u.ni./na.ya.ma.sa.re.te./i.ru.n.da.
為腰痛所苦。

隣(となり)の部屋(へや)の騒音(そうおん)に悩(なや)んでいます。
to.na.ri.no./he.ya.no./so.u.o.n.ni./na.ya.n.de./i.ma.su.
為隔壁房間的噪音所苦。

抱怨

Track 055

實用問句

どうしてため息（いき）ばかりついているの？
do.u.shi.te./ta.me.i.ki./ba.ka.ri./tsu.i.te./i.ru.no.
怎麼老是嘆氣呢？

道地生活短句

近所（きんじょ）付（づ）き合（あ）いがめんどくさいな。
ki.n.jo.zu.ki.a.i.ga./me.n.do.ku.sa.i.na.
和鄰居往來真麻煩。

ややこしいな。
ya.ya.ko.shi.i.na.
很複雜。

最近（さいきん）ストレスがたまっている。
sa.i.ki.n./su.to.re.su.ga./ta.ma.tte./i.ru.
最近累積了很多壓力。

もう、嫌（いや）になっちゃった。
mo.u./i.ya.ni./na.ccha.tta.
真是夠了，我覺得好煩。

羡慕

實用問句

いいな、どうしてあなただけいいことが起(お)こるの？

i.i.na./do.u.shi.te./a.na.ta./da.ke./i.i.ko.to.ga./o.ko.ru.no.

真好，為什麼好事盡發生在你身上？

道地生活短句

いいな。

i.i.na.

真好。／真羨慕。

羨(うらや)ましい。

u.ra.ya.ma.shi.i.

好羨慕。

今(いま)の子(こ)は色々(いろいろ)と恵(めぐ)まれているね。

i.ma.no./ko.wa./i.ro.i.ro.to./me.gu.ma.re.te./i.ru.ne.

現在的孩子各方面都得天獨厚呢。

友達(ともだち)が羨(うらや)ましくて仕方(しかた)ない。

to.mo.da.chi.ga./u.ra.ya.ma.shi.ku.te./shi.ka.ta.na.i.

真羨慕朋友。

懷念

Track 056

實用問句

ここは何年（なんねん）ぶりだろう？
ko.ko.wa./na.n.ne.n./bu.ri./da.ro.u.
有幾年沒來這裡了？

道地生活短句

この曲（きょく）懐（なつ）かしいね。
ko.no./kyo.ku./na.tsu.ka.shi.i.ne.
真是讓人懷念的曲子。

日本（にほん）が恋（こい）しくなった。
ni.ho.n.ga./ko.i.shi.ku./na.tta.
開始想念日本了。

あの頃（ころ）に戻（もど）りたいな。
a.no./ko.ro.ni./mo.do.ri.ta.i.na.
真想回到那時候。

子供（こども）の頃（ころ）を思（おも）い出（だ）すね。
ko.do.mo.no./ko.ro.o./o.mo.i.da.su.ne.
不禁想起小時候。

Track 057

悲傷

實用問句

ねぇ、なんで泣(な)いているの？
ne.e./na.n.de./na.i.te./i.ru.no.
你怎麼哭了呢？

道地生活短句

悲(かな)しい。
ka.na.shi.i.
好傷心。

泣(な)けてきた。
na.ke.te.ki.ta.
都想哭了。

胸(むね)が張(は)り裂(さ)けそう。
mu.ne.ga./ha.ri.sa.ke.so.u.
心碎。

涙(なみだ)が止(と)まらない。
na.mi.da.ga./to.ma.ra.na.i.
眼淚止不住。

寂寞

Track 057

實用問句

どうしたの？暗（くら）い顔（かお）して。
do.u./shi.ta.no./ku.ra.i./ka.o./shi.te.
怎麼了？一臉沉重。

道地生活短句

彼（かれ）がいなくなって寂（さび）しい。
ka.re.ga./i.na.ku./na.tte./sa.bi.shi.i.
因他不在而感到寂寞。

お別（わか）れするのは寂（さび）しいな。
o.wa.ka.re.su.ru.no.wa./sa.bi.shi.i.na.
要分開了，真是寂寞。

1人（ひとり）ぼっちは寂（さび）しいよ。
hi.to.ri.bo.cchi.wa./sa.bi.shi.i.yo.
1個人很孤單。

家族（かぞく）と会（あ）えないのが寂（さび）しい。
ka.zo.ku.to./a.e.na.i.no.ga./sa.bi.shi.i.
不能和家人見面很寂寞。

Track 058

失落

實用問句

だいじょうぶ　げんき
大丈夫？元気がないみたいだけど。
da.i.jo.u.bu./ge.n.ki.ga./na.i./mi.ta.i./da.ke.do.
還好吧？你看起來沒什麼精神。

道地生活短句

お　こ
うまくいかなくて落ち込んでる。
u.ma.ku./i.ka.na.ku.te./o.chi.ko.n.de.ru.
不太順利，心情很低落。

……………………………………………

あめ　さ
雨のせいでテンションが下がった。
a.me.no./se.i.de./te.n.sho.n.ga./sa.ga.tta.
因為下雨而失去了興致。

……………………………………………

けっか　ほんとう　ざんねん　しかた
この結果は、本当に残念で仕方ない。
ko.no./ke.kka.wa./ho.n.to.u.ni./za.n.ne.n.de./shi.ka.ta.na.i.
這結果讓人覺得十分可惜。

……………………………………………

しょうじき
正直がっくりした。
sho.u.ji.ki./ga.kku.ri./shi.ta.
老實說覺得很失望。

無趣

Track 058

實用問句

あの番組(ばんぐみ)は面白(おもしろ)くないですか？
a.no./ba.n.gu.mi.wa./o.mo.shi.ro.ku.na.i./de.su.ka.
那個節目不有趣嗎？

道地生活短句

つまらないな。
tsu.ma.ra.na.i.na.
真無趣。

退屈(たいくつ)だね。
ta.i.ku.tsu.da.ne.
好無聊。／沒事做。

こんな本(ほん)はくだらないから読(よ)まなくていい。
ko.n.na./ho.n.wa./ku.da.ra.na.i./ka.ra./yo.ma.na.ku.te./i.i.
這種書內容不值一哂，不看也罷。

あくびが出(で)るわ。
a.ku.bi.ga./de.ru.wa.
無聊到讓人想打呵欠。

Track 059

無聊

實用問句

ひま　とき　なに
暇な時は何をしていますか？
hi.ma.na./to.ki.wa./na.ni.o./shi.te./i.ma.su.ka.
無聊時都做些什麼呢？

道地生活短句

ひま
暇だな。
hi.ma.da.na.
好閒喔。

さいきん
最近やることがないんだ。
sa.i.ki.n./ya.ru.ko.to.ga./na.i.n.da.
最近沒事可做。

ずっとぼーっとしている。
zu.tto./bo.o.tto./shi.te./i.ru.
一直在發呆。

い
デパートへ行ったけど、ただぶらぶらしただけ。
de.pa.a.to.e./i.tta./ke.do./ta.da./bu.ra.bu.ra./shi.ta./da.ke.
雖然去了百貨公司，但也只是閒晃。

不耐煩

Track 059

實用問句

なに
だから何？
da.ka.ra./na.ni.
那又怎樣？

道地生活短句

はや　い
早く言えよ。
ha.ya.ku./i.e.yo.
快點講啦。

がまん　げんかい
もう我慢の限界だ。
mo.u./ga.ma.n.no./ge.n.ka.i.da.
我受不了了。

はなし　あ
この話はもう飽きた。
ko.no./ha.na.shi.wa./mo.u./a.ki.ta.
這些話（事）已經聽膩了。

もううんざりだ。
mo.u./u.n.za.ri.da.
已經厭煩了。

生氣

實用問句

何様(なにさま)のつもり？
na.ni.sa.ma.no./tsu.mo.ri.
你以為你是誰？

道地生活短句

頭(あたま)にきた。
a.ta.ma.ni.ki.ta.
真氣人。

むかつく！
mu.ka.tsu.ku.
真火大！

いい加減(かげん)にして。
i.i.ka.ge.n.n.shi.te.
不要太過分了！

だまれ！
da.ma.re.
閉嘴！

討厭

Track 060

實用問句

一番(いちばん)嫌(きら)いなものは何(なん)ですか？
i.chi.ba.n./ki.ra.i.na./mo.no.wa./na.n./de.su.ka.
最討厭的是什麼？

道地生活短句

皿洗(さらあら)いが嫌(きら)いです。
sa.ra.a.ra.i.ga./ki.ra.i.de.su.
討厭洗碗。

二度(にど)とやりたくない。
ni.do.to./ya.ri.ta.ku.na.i.
不想再做了。

行列(ぎょうれつ)に並(なら)ぶのが嫌(きら)いなの。
gyo.u.re.tsu.ni./na.ra.bu.no.ga./ki.ra.i./na.no.
討厭排隊。

好(す)きじゃないわ。
su.ki./ja.na.i.wa.
我不喜歡。

不擅長

實用問句

にがて
ダンスは苦手ですか？
da.n.su.wa./ni.ga.te./de.su.ka.
不擅長跳舞嗎？

道地生活短句

うた　にがて
歌は苦手なの。
u.ta.wa./ni.ga.te.na.no.
我不擅長唱歌。

....

わたし　うんてん　へた
私は運転が下手です。
wa.ta.shi.wa./u.n.te.n.ga./he.ta./de.su.
我不太會開車。

....

えいご　ふとくい　ごじ　おお
英語が不得意なので、誤字が多くてすみません。
e.i.go.ga./fu.to.ku.i./na.no.de./go.ji.ga./o.o.ku.te./su.mi.ma.se.n.
我的英文不好，錯字很多不好意思。

....

て　ぶきよう
手が不器用だ。
te.ga./bu.ki.yo.u.da.
笨手笨腳。

喜歡

Track 061

實用問句

すし　す
寿司は好きですか？
su.shi.wa./su.ki./de.su.ka.
喜歡吃壽司嗎？

…………………………………………

この
どのスカートがお好みですか？
do.no./su.ka.a.to.ga./o.ko.no.mi./de.su.ka.
哪件裙子是你喜歡的？

道地生活短句

けっこう す
結構好きです。
ke.kko.u./su.ki.de.su.
很喜歡。

…………………………………………

こうえん　き　い　おも
この公園はきっと気に入ると思いますよ。
ko.no.ko.u.e.n.wa./ki.tto./ki.ni.i.ru.to./o.mo.i.ma.su.yo.
我覺得你一定會喜歡這個公園。

…………………………………………

みせ　わたし　き　い　ひと
その店は私のお気に入りの１つだ。
so.no./mi.se.wa./wa.ta.shi.no./o.ki.ni.i.ri.no./hi.to.tsu.da.
那間是我喜歡的店之一。

Track 062

尴尬

道地生活短句

は
恥ずかしい！
ha.zu.ka.shi.i.
好丟臉！

よしてよ！
yo.shi.te.yo.
別鬧了啦。

て
照れるね。
te.re.ru.ne.
真讓人臉紅。

なさ
情けない。
na.sa.ke.na.i.
好丟臉。／真不爭氣。

き
気まずいな。
ki.ma.zu.i.na.
好尷尬。

緊張

Track 062

實用問句

試験(しけん)まであと3日(か)ですね！　緊張(きんちょう)してますか？
shi.ke.n./ma.de./a.to./mi.kka./de.su.ne./ki.n.cho.u./shi.te.i.ma.su.ka.
還有3天就要考試了，你緊張嗎？

道地生活短句

心臓(しんぞう)がバクバクしている。
shi.n.zo.u.ga./ba.ku.ba.ku./shi.te./I.ru.
心跳得厲害。

頭(あたま)のなかが真(ま)っ白(しろ)。
a.ta.ma.no./na.ka.ga./ma.sshi.ro.
腦袋一片空白。

緊張(きんちょう)で足(あし)が震(ふる)えている。
ki.n.cho.u.de./a.shi.ga./fu.ru.e.te./i.ru.
緊張得腳發抖。

ドキドキする。
do.ki.do.ki./su.ru.
很緊張。

同情

實用問句

そうですか？早(はや)く良(よ)くなるといいですね。

so.u./de.su.ka./ha.ya.ku./yo.ku.na.ru.to./i.i.de.su.ne.
這樣嗎？希望情況能快點好轉。

道地生活短句

かわいそうに。

ka.wa.i.so.u.ni.
真是太可憐了。

それは大変(たいへん)だね。

so.re.wa./ta.i.he.n.da.ne.
那可真糟。

それは残念(ざんねん)でしたね。

so.re.wa./ze.n.ne.n.de.shi.ta.ne.
那真是可惜。

お気(き)の毒(どく)でした。

o.ki.no.do.ku./de.shi.ta.
真令人同情。

不在乎

Track 063

實用問句

きょうみ
興味ないの？
kyo.u.mi.na.i.no.
你沒興趣嗎？

道地生活短句

どうでもいいよ。
do.u.de.mo./i.i.yo.
怎樣都行。／隨便。

し
知りたくもない。
shi.ri.ta.ku.mo.na.i.
一點都不想知道。

ぜんぜんき
全然気にしないよ。
ze.n.ze.n./ki.ni./shi.na.i.yo.
完全不在乎喔。

し
知ったことか。
shi.tta./ko.to.ka.
天曉得。

害怕

實用問句

本当に怖がりね。
ho.n.to.u.ni./ko.wa.ga.ri.ne.
你真的很膽小呢。

道地生活短句

ゴキブリが怖いです。
go.ki.bu.ri.ga./ko.wa.i./de.su.
我怕蟑螂。

息を飲んだ。
i.ki.o.no.n.da.
害怕得摒住呼吸。

ゾッとした。
zo.tto.shi.ta.
毛骨悚然。

あの映画はすごく怖かった！
a.no./e.i.ga.wa./su.go.ku./ko.wa.ka.tta.
那部電影很可怕！

迷惘

Track 064

實用問句

今(いま)どんなことで迷(まよ)っているのですか？

i.ma./do.n.na./ko.to.de./ma.yo.tte./i.ru.no./de.su.ka.

現在有什麼煩惱嗎？

どうすればいいと思(おも)う？

do.u./su.re.ba./i.i.to./o.mo.u.

你覺得該怎麼辦才好？

道地生活短句

今(いま)は進学(しんがく)か就職(しゅうしょく)かで迷(まよ)っているの。

i.ma.wa./shi.n.ga.ku.ka./shu.u.sho.ku.ka.de./ma.yo.tte./i.ru.no.

正在煩惱該升學還是就業。

まだ決(き)めてない。

ma.da./ki.me.te./na.i.

還沒決定。

何(なに)が何(なん)だかわからない。

na.ni.ga./na.n.da.ka./wa.ka.ra.na.i.

搞不清楚狀況。

後悔

實用問句

人生(じんせい)で一番後悔(いちばんこうかい)したことは何(なん)ですか？
ji.n.se.i.de./i.chi.ba.n./ko.u.ka.i./shi.ta./ko.to.wa./na.n./de.su.ka.
生命中最後悔的事是什麼呢？

道地生活短句

いまさら後悔(こうかい)してももう遅(おそ)いです。
i.ma.sa.ra./ko.u.ka.i./shi.te.mo./mo.u./o.so.i./de.su.
現在後悔也來不及了。

こんなはずじゃなかった…。
ko.n.na./ha.zu./ja.na.ka.tta.
不應該是這樣的。

あんなことするんじゃなかった。
ko.n.na./ko.to./su.ru.n./ja.na.ka.tta.
不該做那件事的。

反省(はんせい)しています。
ha.n.se.i./shi.te./i.ma.su.
我正在反省。

不甘心

Track 065

實用問句

後輩（こうはい）に抜（ぬ）かされて悔（くや）しくないですか？
ko.u.ha.i.ni./nu.ka.sa.re.te./ku.ya.shi.ku.na.i./de.su.ka.
輸給後輩不會不甘心嗎？

道地生活短句

悔（くや）しい！
ku.ya.shi.i.
真不甘心！

もう少（すこ）しだったのに。
mo.u./su.ko.shi./da.tta.no.ni.
只差那麼一點！

毎日練習（まいにちれんしゅう）してきたのに、結果（けっか）が出（で）なくて本当（ほんとう）に悔（くや）しすぎる。
ma.i.ni.chi./re.n.shu.u.shi.te./ki.ta./no.ni./ke.kka.ga./de.na.ku.te./ho.n.to.u.ni./ku.ya.shi.su.gi.ru.
每天都練習卻得不到好結果，真的很不甘心。

催促

實用問句

あとどれくらいかかりますか？
a.to./do.re./ku.ra.i./ka.ka.ri.ma.su.ka.
還要多久時間？

まだですか？
ma.da./de.su.ka.
還沒好嗎？

道地生活短句

急(いそ)いで。
i.so.i.de.
快點。

できるだけお返事(へんじ)をください。
de.ki.ru.da.ke./o.he.n.ji.o./ku.da.sa.i.
請盡快回覆。

できれば早(はや)く知(し)りたいです。
de.ki.re.ba./ha.ya.ku./shi.ri.ta.i./de.su.
想盡早知道。

擔心

Track 066

實用問句

なに
何かあったのかな？
na.ni.ka./a.tta.no./ka.na.
發生了什麼事嗎？

道地生活短句

ろうご　しんぱい
老後が心配です。
ro.u.go.ga./shi.n.pa.i./de.su.
擔心老年生活。

ちょきん　しんぱい
貯金がないと心配になる。
cho.ki.n.ga./na.i.to./shi.n.pa.i.ni./na.ru.
沒有儲蓄的話會很擔心。

う　しんぱいしょう
生まれつき心配性なんだ。
u.ma.re.tsu.ki./shi.n.pa.i.sho.u./na.n.da.
天生容易擔心。

なん
何でもなければいいんだけど。
na.n.de.mo./na.ke.re.ba./i.i.n./da.ke.do.
如果沒事那最好…。

Track 067

不信任

實用問句

本気で言ってる？（ほんき・い）
ho.n.ki.de./i.tte.ru.
你是說真的嗎？

道地生活短句

信じられない。（しん）
shi.n.ji.ra.re.na.i.
真不敢相信。

うさんくさいな。
u.sa.n.ku.sa.i.na.
真可疑。

それはどうかな。
so.re.wa./do.u.ka.na.
我倒不認為。

嘘に決まってるよ。（うそ・き）
u.so.ni./ki.ma.tte./ru.yo.
肯定是騙人的。

JAPAN

JAPAN

好天氣

實用問句

とうきょういまなんど
東京今何度なの？

to.u.kyo.u./i.ma./na.n.do./na.no.
東京現在幾度呢？

道地生活短句

てんき
すごくいい天気ですね。

su.go.ku./i.i.te.n.ki.de.su.ne.
天氣真好啊。

きも
ぽかぽかで気持ちいいね。

po.ka.po.ka.de./ki.mo.chi./i.i.ne.
暖洋洋的真舒服。

すず
涼しいですね。

su.zu.shi.i./de.su.ne.
真涼爽。

かぜ　ここち
そよ風が心地いいわ。

so.yo.ka.ze.ga./ko.ko.chi./i.i.wa.
微風吹來很舒服。

壞天氣

Track 068

實用問句

雨、やまないですかね。
a.ma./ya.ma.na.i./de.su.ka.ne.
雨不知道何時停。

道地生活短句

夏は暑いし蒸すし、たまらない。
na.tsu.wa./a.tsu.i.shi./mu.su.shi./ta.ma.ra.na.i.
夏天又熱又悶，真是受不了。

なんか、嫌な天気ですね。
na.n.ka./i.ya.na.te.n.ki./de.su.ne.
這天氣真讓人不舒服啊。

顔が凍りそう。
ka.o.ga./ko.o.ri.so.u.
臉快凍僵了。

汗びっしょりだ。
a.se./bi.ssho.ri.da.
滿身大汗。

Track 069

季節性氣候

實用問句

にほん　なつ　あつ
日本の夏はいつもこんな暑いの？
ni.ho.n.no./na.tsu.wa./i.tsu.mo./ko.n.na./a.tsu.i.no.
日本的夏天總是這麼熱嗎？

道地生活短句

つゆ　はい
すでに梅雨に入っていますね。
su.de.ni./tsu.yu.ni./ha.i.tte./i.ma.su.ne.
已經進入梅雨季了。

ゆき　か
雪に変わるかもね。
yu.ki.ni./ka.wa.ru./ka.mo.ne.
說不定會變成下雪呢。

きのう　はつゆき　ふ
昨日は初雪が降りました。
ki.no.u.wa./ha.tsu.yu.ki.ga./fu.ri.ma.shi.ta.
昨天下了第一場雪。

たいふう
もうすぐ台風シーズンですね。
mo.u.su.gu./ta.i.fu.u./shi.i.zu.n./de.su.ne.
快颱風季了呢。

四季 － 春夏

Track 069

實用問句

にほん　はる　かん
日本の春ってどんな感じ？
ni.ho.n.no./ha.ru.tte./do.n.na./ka.n.ji.
日本的春天是什麼感覺呢？

道地生活短句

にほん　はる　はなみ
日本の春といえばお花見ね。
ni.ho.n.no./ha.ru./to.i.e.ba./o.ha.na.mi.ne.
説到日本的春天就想到賞櫻。

にほん　なつ　ふうぶつし　はなびたいかい
日本の夏の風物詩は花火大会です。
ni.ho.n.no./na.tsu.no./fu.u.bu.tsu.shi.wa./ha.na.bi.ta.i.ka.i./de.su.
煙火晚會是日本的夏日風情。

たいわん　はる　あめ　ふ
台湾の春は雨がよく降ります。
ta.i.wa.n.no./ha.ru.wa./a.me.ga./yo.ku./fu.ri.ma.su.
台灣的春天常下雨。

たいわん　なつ　あつ
台湾の夏はびっくりするぐらい暑いです。
ta.i.wa.n.no./na.tsu.wa./bi.kku.ri.su.ru./gu.ra.i./a.tsu.i./de.su.
台灣的夏天熱得驚人。

四季 – 秋冬

實用問句

京都(きょうと)の冬(ふゆ)は寒(さむ)いですか？

kyo.u.to.no./fu.yu.wa./sa.mu.i./de.su.ka.

京都的冬天冷嗎？

道地生活短句

日本(にほん)の冬(ふゆ)はとても寒(さむ)くて、雪(ゆき)がたくさん降(ふ)るところもあるよ。

ni.ho.n.no./fu.yu.wa./to.te.mo./sa.mu.ku.te./yu.ki.ga./ta.ku.sa.n./fu.ru./to.ko.ro.mo./a.ru.yo.

日本的冬天非常冷，有些地方會下很多雪。

日本(にほん)の秋(あき)といえばなんと言(い)っても紅葉(こうよう)ですね。

ni.ho.n.no./a.ki./to.i.e.ba./na.n.to./i.tte.mo./ko.u.yo.u./de.su.ne.

說到日本秋季的代表，就屬紅葉。

台湾(たいわん)の秋(あき)は短(みじか)いです。

ta.i.wa.n.no./a.ki.wa./mi.ji.ka.i./de.su.

台灣的秋天很短。

贊成

Track 070

實用問句

そう思(おも)わないですか？
so.u./o.mo.wa.na.i./de.su.ka.
你不覺得嗎？

道地生活短句

私(わたし)もそう思(おも)います。
wa.ta.shi.mo./so.u./o.mo.i.ma.su.
我也這麼認為。

そうですね。
so.u./de.su.ne.
對啊。

まったくそのとおり。
ma.tta.ku./so.no.to.o.ri.
真的就如同那樣。

賛成(さんせい)です。
sa.n.se.i.de.su.
贊成。

反對

實用問句

どうかな？ちょっと違(ちが)うかも。
do.u.ka.na./cho.tto./chi.ga.u.ka.mo.
是嗎？好像不太對。

道地生活短句

いや、そうじゃなくて。
i.ya./so.u.ja.na.ku.te.
不，不是那樣的。

賛成(さんせい)できません。
sa.n.se.i./de.ki.ma.se.n.
無法贊同。

それは違(ちが)います。
so.re.wa./chi.ga.i.ma.su.
那是錯的。

私(わたし)は反対(はんたい)です。
wa.ta.shi.wa./ha.n.ta.i./de.su.
我反對。

質疑

Track 071

實用問句

そうかな？
so.u.ka.na.
是這樣嗎？

うそでしょう？
u.so.de.sho.u.
你是騙人的吧？

本当（ほんとう）ですか？
ho.n.to.u.de.su.ka.
真的嗎？

間違（まちが）いないですか？
ma.chi.ga.i.na.i.de.su.ka.
沒錯嗎？

道地生活短句

納得出来（なっとくでき）ないな。
na.tto.ku./de.ki.na.i.na.
我無法信服。

Track 072

文化差異

實用問句

にほん　たいわん　しゅうかん　ちが
日本と台湾の習慣の違いには、どんなものがありますか？

ni.ho.n.to./ta.i.wa.n.no./shu.u.ka.n.no./chi.ga.i./ni.wa./do.n.na./mo.no.ga./a.ri.ma.su.ka.

日本和台灣，有什麼不同的習慣呢？

道地生活短句

たたみ　へや　ふとん　し　ね
畳の部屋に布団を敷いて寝ます。

ta.ta.mi.no./he.ya.ni./fu.to.n.o./shi.i.te./ne.ma.su.

在有榻榻米的房間鋪棉被睡覺。

しょくじ　まえ　い
食事の前に「いただきます」と言います。

sho.ku.ji.no./ma.e.ni./i.ta.da.ki.ma.su.to./i.i.ma.su.

吃飯前會説「我開動了」。

ゆぶね　つ　しゅうかん
湯船に浸かる習慣があります。

yu.bu.ne.ni./tsu.ka.ru./shu.u.ka.n.ga./a.ri.ma.su.

有泡澡的習慣。

特殊節日

Track 072

實用問句

日本の伝統行事にはどんなものがあるの？

ni.ho.n.no./de.n.to.u.gyo.u.ji./ni.wa./do.n.na./mo.no.ga./a.ru.no.

日本有哪些傳統節日呢？

道地生活短句

3月3日はひな祭りです。

sa.n.ga.tsu./mi.kka.wa./hi.na.ma.tsu.ri./de.su.

3月3日是女兒節。

5月5日はこどもの日です。

go.ga.tsu./i.tsu.ka.wa./ko.do.mo.no.hi./de.su.

5月5日是兒童節。

5月にゴールデンウィークがあります。

go.ga.tsu.ni./go.o.ru.de.n.wi.i.ku.ga./a.ri.ma.su.

5月有黃金週。（為期一週的休假）

過年

實用問句

日本のお正月はどんな様子なの？
ni.ho.n.no./o.sho.u.ga.tsu.wa./do.n.na./yo.u.su./na.no.
日本的新年是怎麼樣的呢？

道地生活短句

日本は旧正月を祝う習慣がないみたい。
ni.ho.n.wa./kyu.u.sho.u.ga.tsu.o./i.wa.u./shu.u.ka.n.ga./na.i./mi.ta.i.
日本好像沒有慶祝春節的習慣。

台湾では旧正月に親戚が沢山集まって一緒に過ごす家が多いです。
ta.i.wa.n./de.wa./kyu.u.sho.u.ga.tsu.ni./shi.n.se.ki.ga./ta.ku.sa.n./a.tsu.ma.tte./i.ssho.u.ni./su.go.su./i.e.ga./o.o.i./de.su.
在台灣，春節時很多家庭都是眾多親戚齊聚一堂。

正月に海外旅行する人も増えてきた。
sho.u.ga.tsu.ni./ka.i.ga.i.ryo.ko.u./su.ru./hi.to.mo./fu.e.te./ki.ta.
在新年時出國旅遊的人也增加了。

物價

Track 073

實用問句

日本(にほん)の物価(ぶっか)はどうですか？

ni.ho.n.no./bu.kka.wa./do.u./de.su.ka.

日本的物價如何？

道地生活短句

消費税増税(しょうひぜいぞうぜい)で物価(ぶっか)が上(あ)がったと感(かん)じている。

sho.u.hi.ze.i.zo.u.ze.i.de./bu.kka.ga./a.ga.tta.to./ka.n.ji.te./i.ru.

因消費稅提高，覺得物價也變高了。

東京(とうきょう)の物価(ぶっか)は世界的(せかいてき)に見(み)ても高(たか)いね。

to.u.kyo.u.no./bu.kka.wa./se.ka.i.te.ki.ni./mi.te.mo./ta.ka.i.ne.

以全球來說，東京的物價也算高的。

台北(たいぺい)の物価(ぶっか)はどんどん上(あ)がっています。

ta.i.pe.i.no./bu.kka.wa./do.n.do.n./a.ga.tte./i.ma.su.

台北的物價正大幅上升。

教育

實用問句

日本の教育はどんな感じですか？
(にほん　きょういく　かん)
ni.ho.n.no./kyo.u.i.ku.wa./do.n.na./ka.n.ji./de.su.ka.
日本的教育制度怎麼樣呢？

道地生活短句

義務教育は小学校6年間と中学校3年間です。
(ぎむきょういく　しょうがっこう　ねんかん　ちゅうがっこう　ねんかん)
gi.mu.kyo.u.i.ku.wa./sho.u.ga.kko.u./ro.ku.ne.n.ka.n.to./chu.u.ga.kko.u./sa.n.ne.n.ka.n./de.su.
義務教育是小學6年和國中3年。

いじめは学校での深刻な問題です。
(がっこう　しんこく　もんだい)
i.ji.me.wa./ga.kko.u.de.no./shi.n.ko.ku.na./mo.n.da.i./de.su.
霸凌在學校是嚴重的問題。

多くの学生は受験のために塾に通っています。
(おお　がくせい　じゅけん　じゅく　かよ)
o.o.ku.no./ga.ku.se.i.wa./ju.ke.n.no./ta.me.ni./ju.ku.ni./ka.yo.tte./i.ma.su.
多數學生為了升學考試上補習班。

犯罪率

Track 074

實用問句

台湾(たいわん)の治安(ちあん)はどんな感(かん)じですか？

ta.i.wa.n.no./chi.a.n.wa./do.n.na./ka.n.ji./de.su.ka.

台灣的治安怎麼樣呢？

夜(よる)1人(ひとり)でうろうろできますか？

yo.ru./hi.to.ri.de./u.ro.u.ro./de.ki.ma.su.ka.

1個人在夜裡閒晃也沒關係嗎？

道地生活短句

日本(にほん)は治安(ちあん)の良(い)い国(くに)です。

ni.ho.n.wa./chi.a.n.no./i.i./ku.ni./de.su.

日本是治安良好的國家。

日本(にほん)の犯罪率(はんざいりつ)は低(ひく)いです。

ni.ho.n.no./ha.n.za.i.ri.tsu.wa./hi.ku.i./de.su.

日本的犯罪率很低。

Track
075

生活環境

實用問句

まち　す
どんな街に住みたいですか？
do.n.na./ma.chi.ni./su.mi.ta.i./de.su.ka.
你想住在什麼樣的城市？

道地生活短句

こうつう　べんり
交通が便利です。
ko.u.tsu.u.ga./be.n.ri./de.su.
交通方便。

りべんせい　たか　まち
利便性の高い街です。
ri.be.n.se.i.no./ta.ka.i./ma.chi./de.su.
很方便的城市。

しょうぎょうしせつ　じゅうじつ
商業施設が充実しています。
sho.u.gyo.u.shi.se.tsu.ga./ju.u.ji.tsu./shi.te./i.ma.su.
各種店鋪都很齊全。

す　まち
過ごしやすい街です。
su.go.shi.ya.su.i./ma.chi./de.su.
很適合生活的城市。

社會現狀

Track 075

實用問句

いま　しゃかい　なに　もんだい
今の社会では何が問題になっているの？
i.ma.no./sha.ka.i.de.wa./na.ni.ga./mo.n.da.i.ni./na.tte./i.ru.no.
現在的社會有什麼問題？

道地生活短句

しゅうにゅうかくさ　かくだい　つづ
収入格差の拡大が続いています。
shu.u.nyu.u.ka.ku.sa no./ka.ku.da.i.ga./tsu.zu.i.te./i.ma.su.
收入差距持續擴大。

こうれいか　すす
高齢化が進んでいます。
ko.u.re.i.ka.ga./su.su.n.de./i.ma.su.
逐步邁入高齡社會。

しょうしか　もんだい　しんこく
少子化の問題は深刻です。
sho.u.shi.ka.no./mo.n.da.i.wa./shi.n.ko.ku./de.su.
少子化問題很嚴重。

しつぎょうりつ　あ
失業率が上がっています。
shi.tsu.gyo.u.ri.tsu.ga./a.ga.tte./i.ma.su.
失業率逐漸上升。

巧合

道地生活短句

偶然（ぐうぜん）ですね。

gu.u.ze.n.de.su.ne.

真是巧。

奇遇（きぐう）ですね。

ki.gu.u.de.su.ne.

真是太巧了。

よく会（あ）うね。

yo.ku.a.u.ne.

我們真常遇見。

ちょうどよかったね。

cho.u.do./yo.ka.tta.ne.

正好呢。

私（わたし）たちは偶然（ぐうぜん）同（おな）じ電車（でんしゃ）に乗（の）り合（あ）わせた。

wa.ta.shi.ta.chi.wa./gu.u.ze.n./o.na.ji./de.n.sha.ni./no.ri.a.wa.se.ta.

我們碰巧坐同一列火車。

叮嚀

Track 076

實用問句

財布(さいふ)と鍵(かぎ)、持(も)った？

sa.i.fu.to./ka.gi./mo.tta.

錢包和鑰匙，帶了嗎？

道地生活短句

気(き)をつけて帰(かえ)ってね。

ki.o.tsu.ke.te./ka.e.tte.ne.

回家路上小心。

まだまだ暑(あつ)いのでお体(からだ)に気(き)をつけて。

ma.da.ma.da./a.tsu.i.no.de./o.ka.ra.da.ni./ki.o.tsu.ke.te.

天氣持續炎熱，請保重身體。

雨(あめ)なので、お足元(あしもと)に気(き)をつけてお帰(かえ)りください。

a.me.na.no.de./o.a.shi.mo.to.ni./ki.o.tsu.ke.te./o.ka.e.ri./ku.da.sa.i.

因為是雨天，請留意您的腳步。

祕密

實用問句

ここだけの話(はなし)なんだけど…。

ko.ko.da.ke.no./ha.na.shi./na.n.da.ke.do.

這話不能傳出去。

誰(だれ)にも言(い)わないでほしんだけど…。

da.re.ni.mo./i.wa.na.i.de./ho.shi.i.n.da.ke.do.

希望你不要告訴別人。

人(ひと)づてに聞(き)いた話(はなし)なんだけど…。

hi.to.zu.te.ni./ki.i.ta./ha.na.shi./na.n.da.ke.do.

我聽別人說的…。

道地生活短句

秘密(ひみつ)は守(まも)るよ。

hi.mi.tsu.wa./ma.mo.ru.yo.

我會保守祕密的。

絶対(ぜったい)に言(い)わないよ。

ze.tta.i.ni./i.wa.na.i.yo.

我一定不會說出去的。

轉換話題

Track 077

實用問句

そういえば、鈴木(すずき)さんとは最近(さいきん)会(あ)ってますか？

so.u.i.e.ba./su.zu.ki.sa.n.to.wa./sa.i.ki.n./a.tte.ma.su.ka.
話説回來，你最近和鈴木先生有碰面嗎？

ところで、彼女(かのじょ)は最近元気(さいきんげんき)ですか？

to.ko.ro.de./ka.no.jo.wa./sa.i.ki.n.ge.n.ki.de.su.ka.
對了，最近她還好嗎？

ちなみに、あなたはその時何(ときなに)をしていましたか？

chi.na.mi.ni./a.na.ta.wa./so.no.to.ki./na.ni.o./shi.te.i.ma.shi.ta.ka.
順便問一下，你那時候在做什麼？

道地生活短句

それより、早(はや)く行(い)かないと遅(おく)れちゃうよ。

so.re.yo.ri./ha.ya.ku.i.ka.na.i.to./o.ku.re.cha.u.yo.
別説這個了，再不快走就要遲到了囉。

感想

實用問句

どうでしたか？
do.u./de.shi.ta.ka.
覺得怎麼樣？

道地生活短句

とてもよかった。
to.te.mo./yo.ka.tta.
非常好。

面白（おもしろ）かった。
o.mo.shi.ro.ka.tta.
很有趣。

最悪（さいあく）だった。
sa.i.a.ku./da.tta.
很差勁。

いまいちだった。
i.ma.i.chi./da.tta.
差強人意。

Track 078

生日

實用問句

なんがつう
何月生まれですか？
na.n.ga.tsu./u.ma.re.de.su.ka.
你是幾月出生的？

たんじょうび
誕生日はいつですか？
ta.n.jo.u.bi.wa./i.tsu.de.su.ka.
你生日是幾月幾日？

道地生活短句

わたし たんじょうび がつ か
私の誕生日は2月6日です。
wa.ta.shi./no./ta.n.jo.u.bi.wa./ni.ga.tsu./mu.i.ka./de.su.
我是2月6日生的。

わたし たんじょうび がつ か
私の誕生日も4月3日です。
wa.ta.shi.no./ta.n.jo.u.bi.mo./shi.ga.tsu./mi.kka.de.su.
我的生日也是4月3日。

がつう
2月生まれです。
ni.ga.tsu./u.ma.re./de.su.
2月出生的。

Track 079

婚姻狀況

實用問句

ご結婚されていますか？

go.ke.kko.n./sa.re.te./i.ma.su.ka.

您結婚了嗎？

道地生活短句

結婚おめでとう。

ke.kko.n./o.me.de.to.u.

新婚快樂。

田中くんが結婚するんだって。

ta.na.ka.ku.n.ga./ke.kko.n.su.ru.n.da.tte.

聽説田中要結婚了。

結婚しています。

ke.kko.n.shi.te.i.ma.su.

已婚。

独身です。

do.ku.shi.n.de.su.

我單身。

懷孕

Track 079

實用問句

妊娠(にんしん)何(なん)ヶ月目(かげつめ)ですか？
ni.n.shi.n./na.n.ka.ge.tsu.me./de.su.ka.
懷孕幾個月了？

道地生活短句

私(わたし)、母親(ははおや)になるんです。
wa.ta.shi./ha.ha.o.ya.ni./na.ru.n./de.su.
我將為人母。（我懷孕了）

つわりがひどいです。
tsu.wa.ri.ga./hi.do.i./de.su.
孕吐很嚴重。

すみません、私(わたし)、妊娠(にんしん)しているんですが、席(せき)を譲(ゆず)っていただけないでしょうか。
su.mi.ma.se.n./wa.ta.shi./ni.n.shi.n./shi.te./i.ru.n./de.su.ga./se.ki.o./yu.zu.tte./i.ta.da.ke.na.i./de.sho.u.ka.
不好意思，因為我有孕在身，可以請你讓座嗎？

生產

實用問句

しゅっさんよていび
出産予定日はいつですか？

shu.ssa.n.yo.te.i.bi.wa./i.tsu./de.su.ka.

預產期是什麼時候？

道地生活短句

わたし　あか　よていび　しゅうかんまえ　う
私の赤ちゃんは予定日の2週間前に生まれました。

wa.ta.shi.no./a.ka.cha.n.wa./yo.te.i.bi.no./ni.shu.u.ka.n.ma.e.ni./u.ma.re.ma.shi.ta.

我的孩子比預產期提早兩週出生了。

しゅっさん
ご出産おめでとう。

go.shu.ssa.n./o.me.de.to.u.

恭喜你喜獲麟兒／千金。

ぼし　けんこう
母子ともに健康です。

bo.shi.to.mo.ni./ke.n.ko.u./de.su.

母子均安。

おんな　こ　う
女の子が生まれました。

o.n.na.no.ko.ga./u.ma.re.ma.shi.ta.

生了女兒。

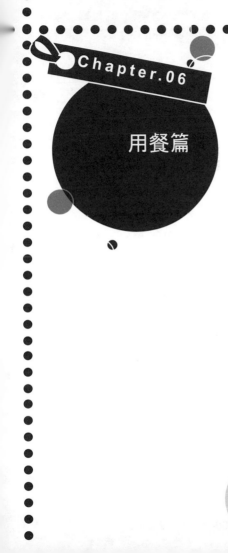

Chapter.06

用餐篇

Track 081

用餐禮儀

實用問句

もう少(すこ)しいかがですか？
mo.u./su.ko.shi./i.ka.ga./de.su.ka.
要不要再吃一點？

道地生活短句

どうぞ召(め)し上(あ)がってください。
do.u.zo./me.shi.a.ga.tte./ku.da.sa.i.
請用餐。

先(さき)に食(た)べてください。
sa.ki.ni./ta.be.te./ku.da.sa.i.
請你先用餐。

いただきます。
i.ta.da.ki.ma.su.
我開動了。

美味(おい)しくいただきました。
o.i.shi.ku./i.ta.da.ki.ma.shi.ta.
吃得很開心。

肚子餓

Track 081

實用問句

一口（ひとくち）もらっていい？
hi.to.ku.chi./mo.ra.tte.i.i.
可以讓我吃一口嗎？

道地生活短句

お腹（なか）空（す）きました。
o.na.ka./su.ki.ma.shi.ta.
肚子餓了。

腹（はら）減（へ）った。
ha.ra.he.tta.
肚子餓。

朝（あさ）から何（なに）も食（た）べてない。
a.sa.ka.ra./na.ni.mo./ta.be.te./na.i.
從早上到現在什麼都沒吃。

食欲（しょくよく）ないんだ。
sho.ku.yo.ku./na.i.n.da.
沒有食欲。

吃飽了

實用問句

もういいの？
mo.u./i.i.no.
不吃了嗎？

道地生活短句

ごちそうさまです。
go.chi.so.u.sa.ma.de.su.
我吃飽了。

お腹（なか）いっぱいです。
o.na.ka./i.ppa.i./de.su
吃得很飽。

もう食（た）べられません。
mo.u./ta.be.ra.re.ma.se.n.
已經吃不下了。

こんなにたくさん食（た）べられないよ。
ko.n.na.ni./ta.ku.sa.n./ta.be.ra.re.na.i.yo.
吃不了那麼多啦。

三餐

Track 082

實用問句

あさ
朝ごはんはまだ？
a.sa.go.ha.n.wa./ma.da.
早餐還沒好嗎？

道地生活短句

ごはんできたよ。
go.ha.n./de.ki.ta.yo.
飯菜準備好了喔。

じかん　ちょうしょくぬ
時間がないので、いつも朝食抜きです。
ji.ka.n.ga./na.i.no.de./i.tsu.mo./cho.u.sho.ku.nu.ki./de.su.
因為時間不夠，總是沒吃早餐。

ゆうしょく　かる
ダイエットのために夕食は軽くしている。
da.i.e.tto.no./ta.me.ni./yu.u.sho.ku.wa./ka.ru.ku./shi.te./i.ru.
為了減肥，晚餐吃得比較少。

ちゅうしょく　がいしょく　おお
昼食は外食が多いです。
chu.u.sho.ku.wa./ga.i.sho.ku.ga./o.o.i./de.su.
中餐多半是外食。

各國料理

實用問句

台北(たいぺい)の屋台料理(やたいりょうり)を食(た)べたことありますか？
ta.i.pe.i.no./ya.ta.i.ryo.u.ri.o./ta.be.ta./ko.to./a.ri.ma.su.ka.
吃過台北的路邊攤嗎？

道地生活短句

和食(わしょく)が好(す)きです。
wa.sho.ku.ga./su.ki./de.su.
很喜歡吃日本料理。

新宿(しんじゅく)に美味(おい)しいインド料理屋(りょうりや)さんがある。
shi.n.ju.ku.ni./o.i.shi.i./i.n.do.ryo.u.ri.ya.sa.n.ga./a.ru.
在新宿有好吃的印度餐廳。

いつもファストフードを食(た)べている。
i.tsu.mo./fa.su.to.fu.u.do.o./ta.be.te./i.ru.
總是吃速食。

イタリア料理(りょうり)といえばパスタとピザ。
i.ta.ri.a.ryo.u.ri.to./i.e.ba./pa.su.ta.to./pi.za.
說到義大利菜就是義大利麵和比薩。

常見料理

Track 083

實用問句

今日(きょう)のディナー、スペイン料理(りょうり)のお店(みせ)に行(い)かない？
kyo.u.no./di.na.a./su.pe.i.n.ryo.u.ri.no./o.mi.se.ni./i.ka.na.i.
今天的晚餐要不要去吃西班牙料理？

道地生活短句

週(しゅう)に1回(かい)は回転寿司(かいてんずし)を食(た)べます。
shu.u.ni./i.kka.i.wa./ka.i.te.n.zu.shi.o./ta.be.ma.su.
每週會吃1次迴轉壽司。

この中華料理(ちゅうかりょうり)のお店(みせ)、行(い)ったことある？
ko.no./chu.u.ka.ryo.u.ri.no./o.mi.se./i.tta./ko.to./a.ru.
你去過這家中國菜館嗎？

美味(おい)しい韓国料理(かんこくりょうり)が食(た)べたい。
o.i.shi.i./ka.n.ko.ku.ryo.u.ri.ga./ta.be.ta.i.
想吃好吃的韓國料理。

喜歡的食物

實用問句

和食で一番好きな料理は何ですか？

wa.sho.ku.de./i.chi.ba.n./su.ki.na./ryo.u.ri.wa./na.n.de.su.ka.

日本料理裡最喜歡的是什麼？

道地生活短句

ラーメンが好きです。

ra.a.me.n.ga./su.ki./de.su.

喜歡吃拉麵。

ご飯だけで十分です。

go.ha.n./da.ke.de./ju.u.bu.n./de.su.

只要米飯就夠了。

お肉がないと、しっかり食べたって気がしません。

o.ni.ku.ga./na.i.to./shi.kka.ri./ta.be.ta.tte./ki.ga./shi.ma.se.n.

沒有肉的話，就覺得沒有飽足感。

ネギ多めにいれてください。

ne.gi.o.o.me.ni./i.re.te.ku.da.sa.i.

多加一點蔥。

討厭的食物

Track 084

實用問句

にがて
苦手なものはありますか？
ni.ga.te.na./mo.no.wa./a.ri.ma.su.ka.
有不喜歡吃的嗎？

道地生活短句

から りょうり にがて
辛い料理が苦手です。
ka.ra.i.ryo.u.ri.ga./ni.ga.te.de.su.
我怕辣。

きら
ピーマンが嫌いです。
pi.i.ma.n.ga./ki.ra.i.de.su.
我不喜歡青椒。

そばアレルギーです。
so.ba.a.re.ru.gi.i.de.su.
對蕎麥過敏。

ないぞうけい た
内臓系が食べられません。
na.i.zo.u.ke.i.ga./ta.be.ra.re.ma.se.n.
我不吃內臟。

Track 085

特殊飲食習慣

實用問句

にく　た
肉は食べないですか？
ni.ku.wa./ta.be.na.i./de.su.ka.

你不吃肉嗎？

道地生活短句

ちょうしょく
朝食はベジタリアンです。
cho.u.sho.ku.wa./be.ji.ta.ri.a.n./de.su.

早上吃素。

ぎゅうにく　た
牛肉は食べないです。
gyu.u.ni.ku.wa./ta.be.na.i./de.su.

不吃牛肉。

ゆうしょく　たんすいかぶつぬ
夕食は炭水化物抜きにしています。
yu.u.sho.ku.wa./ta.n.su.i.ka.bu.tsu.nu.ki.ni./shi.te./i.ma.su.

晚餐都不吃澱粉。

しょくご　あま　まんぞく
食後に甘いものがないと満足しない。
sho.ku.go.ni./a.ma.i.mo.no.ga./na.i.to./ma.n.zo.ku.shi.na.i.

飯後不吃甜食就不滿足。

預約餐廳

Track 085

實用問句

こんや　じ　めい　よやく
今夜 6 時に 5 名で予約できますか？
ko.n.ya./ro.ku.ji.ni./go.me.i.de./yo.ya.ku./de.ki.ma.su.ka.
可以訂今晚 6 點 5 個人嗎？

道地生活短句

よやくい
予約入れるよ。
yo.ya.ku./i.re.ru.yo.
我來訂位喔。

がつ　にち　よやく
3 月 12 日に予約したいんですけど。
sa.n.ga.tsu./ju.u.ni.ni.chi.ni./yo.ya.ku./shi.ta.i.n./de.su.ke.do.
我想預約 3 月 12 日。

めい　よやく
4 名で予約しています。
yo.n.me.i.de./yo.ya.ku./shi.te./i.ma.su.
我訂了 4 個位子。

よやく　たなか
予約していた田中ですが。
yo.ya.ku.shi.te.i.ta./ta.na.ka.de.su.ga.
我是預約者，姓田中。

用餐人數及座位

實用問句

なんめいさま
何名様ですか？
na.n.me.i.sa.ma./de.su.ka.
請問有幾位？

きんえんせき　きつえんせき
禁煙席と喫煙席、どちらがよろしいですか？
ki.n.e.n.se.ki.to./ki.tsu.e.n.se.ki./do.chi.ra.ga./yo.ro.shi.i./de.su.ka.
要禁菸席還是吸菸席？

こしつ
個室はありますか？
ko.shi.tsu.wa./a.ri.ma.su.ka.
有包廂嗎？

道地生活短句

にん
5人です。
go.ni.n./de.su.
5個人。

きんえんせき　ねが
禁煙席お願いします。
ki.n.e.n.se.ki./o.ne.ga.i./shi.ma.su.
請給我禁菸席。

沒位子

Track 086

實用問句

待(ま)ち時間(じかん)はどのくらいですか？

ma.chi.ji.ka.n.wa./do.no.ku.ra.i./de.su.ka.

大概要等多久呢？

どうします？待(ま)ちますか？

do.u.shi.ma.su./ma.chi.ma.su.ka.

怎麼辦？要等嗎？

道地生活短句

ただ今満席(いままんせき)でございます。

ta.da.i.ma./ma.n.se.ki.de./go.za.i.ma.su.

現在沒有位子。

分(わ)かりました。ここで待(ま)ちます。

wa.ka.ri.ma.shi.ta./ko.ko.de./ma.chi.ma.su.

了解，那我在這裡等。

又今度来(またこんどき)ますね。

ma.ta./ko.n.do./ki.ma.su.ne.

我下次再來。

菜單

實用問句

ちゅうごくご
中国語のメニューはありますか？
chu.u.go.ku.go.no./me.nyu.u.wa./a.ri.ma.su.ka.
請問有中文菜單嗎？

セットメニューはありますか？
se.tto.me.nyu.u.wa./a.ri.ma.su.ka.
有套餐菜單嗎？

ていしょく
定食はありますか？
te.i.sho.ku.wa./a.ri.ma.su.ka.
有日式套餐嗎？

ドリンクメニューはありますか？
do.ri.n.ku.me.nyu.u.wa./a.ri.ma.su.ka.
有飲料的菜單嗎？

道地生活短句

メニューください。
me.nyu.u./ku.da.sa.i.
給我菜單。

點餐

Track 087

實用問句

お決(き)まりですか？
o.ki.ma.ri./de.su.ka.
決定好了嗎？

もうちょっと待(ま)ってもらっていいですか？
mo.u.cho.tto.ma.tte./mo.ra.tte./i.i.de.su.ka.
再等一下好嗎？

道地生活短句

日替(ひが)わり定食(ていしょく)を1つください。
hi.ga.wa.ri.te.i.sho.ku.o./hi.to.tsu./ku.da.sa.i.
我要1份每日特餐。

決(き)まったら呼(よ)びます。
ki.ma.tta.ra./yo.bi.ma.su.
決定好了再叫你。

追加注文(ついかちゅうもん)したいのですが。
tsu.i.ka.chu.u.mo.n./shi.ta.i.no.de.su.ga.
我想要加點。

Track 088

點飲料

實用問句

ワインリストはありますか？
wa.i.n.ri.su.to.wa./a.ri.ma.su.ka.
有酒單嗎？

何(なに)か飲(の)みたいですか？
na.ni.ka./no.mi.ta.i./de.su.ka.
想喝什麼？

道地生活短句

氷(こおり)を入(い)れたオレンジジュースをください。
ko.o.ri.o./i.re.ta./o.re.n.ji.ju.u.su.o./ku.da.sa.i.
請給我加冰的柳橙汁。

氷(こおり)抜(ぬ)きでお願(ねが)いします。
ko.o.ri.nu.ki.de./o.ne.ga.i.shi.ma.su.
不加冰塊。

ウーロン茶(ちゃ)おかわりください。
u.u.ro.n.cha./o.ka.wa.ri./ku.da.sa.i.
我要再1杯烏龍茶。

問菜色

Track 088

實用問句

これはどんな味(あじ)ですか？

ko.re.wa./do.n.na./a.ji.de.su.ka.

這是什麼樣的味道？

どんな料理(りょうり)ですか？

do.n.na.ryo.u.ri.de.su.ka.

是什麼樣的料理？

量(りょう)はどのくらいですか？

ryo.u.wa./do.no.ku.ra.i.de.su.ka.

量大約多少呢？

道地生活短句

パスタが食(た)べたいんですが。

pa.su.ta.ga./ta.be.ta.i.n./de.su.ga.

我想吃義大利麵。

あの人(ひと)のと同(おな)じものください。

a.no./hi.to.no.to./o.na.ji.mo.no./ku.da.sa.i.

我要和那人一樣的。

推薦菜色

實用問句

この店(みせ)のお勧(すすめ)めは何(なん)ですか？

ko.no./mi.se.no./o.su.su.me.wa./na.n.de.su.ka.

你推薦這家店的什麼菜？

ビールに合(あ)う料理(りょうり)はどれでしょうか？

bi.i.ru.ni./a.u.ryo.u.ri.wa./do.re.de.sho.u.ka.

哪道菜和啤酒比較搭？

前菜(ぜんさい)は何(なに)がお勧(すす)めですか？

ze.n.sa.i.wa./na.ni.ga./o.su.su.me./de.su.ka.

有什麼推薦的前菜？

道地生活短句

これ、ぜひ召(め)し上(あ)がってみてください。

ko.re./ze.hi./me.shi.a.ga.tte.mi.te./ku.da.sa.i.

請一定要吃看看這個。

おすすめコースの内容(ないよう)を教(おし)えてください。

o.su.su.me.ko.o.su.no./na.i.yo.u.o./o.shi.e.te./ku.da.sa.i.

推薦套餐是什麼內容？

內用外帶

Track 089

實用問句

店内(てんない)でお召(め)し上(あ)がりですか？
te.n.na.i.de./o.me.shi.a.ga.ri.de.su.ka.
內用嗎？

これ、持(も)ち帰(かえ)りにすることってできますか？
ko.re./mo.chi.ka.e.ri.ni./su.ru.ko.to.tte./de.ki.ma.su.ka.
這個可以外帶嗎？

道地生活短句

持(も)ち帰(かえ)りです。
mo.chi.ka.e.ri.de.su.
外帶。

ここで食(た)べます。
ko.ko.de./ta.be.ma.su.
內用。

テイクアウトでください。
te.i.ku.a.u.to.de./ku.da.sa.i.
要外帶。

Track 090

餐點要求

實用問句

にんにく抜(ぬ)きで注文(ちゅうもん)できますか？

ni.n.ni.ku.nu.ki.de./chu.u.mo.n./de.ki.ma.su.ka.

可以不加蒜嗎？

1人前(にんまえ)だけ注文(ちゅうもん)出来(でき)ますか？

i.chi.ni.n.ma.e.da.ke./chu.u.mo.n./de.ki.ma.su.ka.

可以只點１人份嗎？

辛(から)めにしてもらえますか？

ka.ra.me.ni./shi.te.mo.ra.e.ma.su.ka.

可以弄辣一點嗎？

道地生活短句

大盛(おおも)りにしてください。

o.o.mo.ri.ni.shi.te./ku.da.sa.i.

要大碗的。

麺少(めんすく)なめにしてください。

me.n.su.ku.na.me.ni./shi.te.ku.da.sa.i.

麵少一點。

餐點味道

Track 090

實用問句

これ、甘(あま)くない？

ko.re./a.ma.ku.na.i.

這個，不會太甜嗎？

道地生活短句

ちょっと辛(から)いです。

cho.tto./ka.ra.i./de.su.

有點辣。

苦(にが)すぎて食(た)べられません。

ni.ga.su.gi.te./ta.be.ra.re.ma.se.n.

太苦了吃不下。

ちょっと酸(す)っぱいです。

cho.tto./su.ppa.i./de.su.

有點酸。

スープが塩辛(しおから)かったのが残念(ざんねん)でした。

su.u.pu.ga./shi.o.ka.ra.ka.tta./no.ga./za.n.ne.n./de.shi.ta.

可惜湯太鹹了。

Track 091

餐具

實用問句

そこからフォークをとってくれませんか？
so.ko.ka.ra./fo.o.ku.o./to.tte.ku.re.ma.se.n.ka.
可以幫我從那邊拿叉子來嗎？

子供用(こどもよう)の食器(しょっき)はありますか？
ko.do.mo.yo.u.no./sho.kki.wa./a.ri.ma.su.ka.
有兒童餐具嗎？

道地生活短句

お箸(はし)を2膳(ぜん)ください。
o.ha.shi.o./ni.ze.n./ku.da.sa.i.
給我兩雙筷子。

取(と)り皿(ざら)をください。
to.ri.za.ra.o./ku.da.sa.i.
請給我分裝的小盤。

コップをもう1個(こ)ください。
ko.ppu.o./mo.u./i.kko./ku.da.sa.i.
請再給我1個杯子。

調味料

Track 091

實用問句

ちゃんと塩(しお)を入(い)れましたか？
cha.n.to./shi.o.o./i.re.ma.shi.ta.ka.
有加鹽嗎？

道地生活短句

ケチャップください。
ke.cha.ppu.ku.da.sa.i.
請給我番茄醬。

鳥肉(とりにく)は醤油(しょうゆ)をつけて食(た)べてね。
to.ri.ni.ku.wa./sho.u.yu.o./tsu.ke.te./ta.be.te.ne.
雞肉要沾醬油吃喔。

好(す)きなソースをかけてください。
su.ki.na./so.o.su.o./ka.ke.te./ku.da.sa.i.
請淋上喜歡的醬料。

目玉焼(めだまや)きに胡椒(こしょう)をかけて食(た)べます。
me.da.ma.ya.ki.ni./ko.sho.u.o./ka.ke.te./ta.be.ma.su.
在荷包蛋上撒胡椒吃。

Track 092

洗碗

實用問句

皿洗(さらあら)いは誰(だれ)がする？

sa.ra.a.ra.i.wa./da.re.ga./su.ru.

誰要洗碗？

道地生活短句

皿洗(さらあら)いは私(わたし)がやる。

sa.ra.a..ra.i.wa./wa.ta.shi.ga./ya.ru.

我來洗碗。

私(わたし)は母(はは)の皿洗(さらあら)いを手伝(てつだ)った。

wa.ta.shi.wa./ha.ha.no./sa.ra.a.ra.i.o./te.tsu.da.tta.

我幫忙母親洗碗。

台所(だいどころ)で皿洗(さらあら)いを手伝(てつだ)っておいで。

da.i.do.ko.ro.de./sa.ra.a.ra.i.o./te.tsu.da.tte./o.i.de.

過來廚房幫我洗碗。

洗剤(せんざい)でお皿(さら)を洗(あら)うと手(て)がかゆくなった。

se.n.za.i.de./o.sa.ra.o./a.ra.u.to./te.ga./ka.yu.ku./na.tta.

用洗潔劑洗碗後，手變得很癢。

外食自炊

Track 092

實用問句

たまには外(そと)でごはんを食(た)べようか？
ta.ma.ni.wa./so.to.de./go.ha.n.o./ta.be.yo.u.ka.
偶爾也到外面吃個飯吧？

道地生活短句

外食(がいしょく)ばっかで飽(あ)きたよ
ga.i.sho.ku./ba.kka.de./a.ki.ta.yo.
老是外食已經膩了。

たまには料理(りょうり)でもしようと思(おも)っている。
ta.ma.ni.wa./ryo.u.ri.de.mo.shi.yo.u.to./o.mo.tte./i.ru.
覺得有時也要自己下廚。

最近(さいきん)ちっとも料理(りょうり)してないわ。
sa.i.ki.n./chi.tto.mo./ryo.u.ri.shi.te.na.i.wa.
最近完全沒下廚。

自分(じぶん)で料理(りょうり)を作(つく)る。
ji.bu.n.de./ryo.u.ri.o./tsu.ku.ru.
親自下廚。

飲酒

實用問句

ワインはいかがですか？
wa.i.n.wa./i.ka.ga./de.su.ka.
要不要喝紅酒？

道地生活短句

乾杯(かんぱい)！
ka.n.pa.i.
乾杯！

…………………………………………

自転車(じてんしゃ)でも飲酒運転(いんしゅうんてん)は禁止(きんし)です。
ji.te.n.sha./de.mo./i.n.shu.u.n.te.n.wa./ki.n.shi./de.su.
即使是騎自行車也禁止酒駕。

…………………………………………

毎日(まいにち)必(かなら)ずビール1杯(ぱい)は飲(の)んでいる。
ma.i.ni.chi./ka.na.ra.zu./bi.i.ru./i.ppa.i.wa./no.n.de./i.ru.
每天一定要喝1杯啤酒。

…………………………………………

ちょっと酔(よ)ってきちゃった。
cho.tto./yo.tte./ki.cha.tta.
我有點醉了。

口味評價

Track 093

實用問句

お味(あじ)はいかがですか？
o.a.ji.wa./i.ka.ga./de.su.ka.
味道怎麼樣？

道地生活短句

美味(おい)しかったです。
o.i.shi.ka.tta.de.su.
很好吃。

評判(ひょうばん)ほどの味(あじ)じゃないね。
hyo.u.ba.n.ho.do.no.a.ji./ja.na.i.ne.
沒聽説的那麼好吃。

これ、まずい。
ko.re./ma.zu.i.
這個好難吃。

美味(おい)しくなかった。
o.i.shi.ku.na.ka.tta.
不好吃。

服務需求

實用問句

これ、片付(かたづ)けてもらえますか？
ko.re./ka.ta.zu.ke.te./mo.ra.e.ma.su.ka.
可以幫我收一下嗎？

子供用(こどもよう)の椅子(いす)はありますか？
ko.do.mo.yo.u.no./i.su.wa./a.ri.ma.su.ka.
有兒童椅嗎？

こぼしたので、拭(ふ)いていただけますか？
ko.bo.shi.ta.no.de./fu.i.te./i.ta.da.ke.ma.su.ka.
打翻了，可以幫我擦一下嗎？

道地生活短句

飲(の)み物(もの)は食後(しょくご)で。
no.mi.mo.no.wa./sho.ku.go.de.
飲料餐後上。

まだ来(き)ていない料理(りょうり)をキャンセルしてください。
ma.da./ki.te.i.na.i./ryo.u.ri.o./kya.n.se.ru.shi.te./ku.da.sa.i.
還沒上的菜就取消吧。

餐廳結帳

Track 094

實用問句

お支払(しはら)いはテーブルでいいですか？
o.shi.ha.ra.i.wa./te.e.bu.ru.de./i.i.de.su.ka.
可以在桌邊結帳嗎？

道地生活短句

お会計(かいけい)お願(ねが)いします。
o.ka.i.ke.i./o.ne.ga.i./shi.ma.su.
我要結帳。

勘定(かんじょう)をお願(ねが)いします。
ka.n.jo.u.o./o.ne.ga.i./shi.ma.su.
我要結帳。

いやいや、割(わ)り勘(かん)にしようよ。
i.ya.i.ya./wa.ri.ka.n.ni./sho.yo.u.yo.
不不，我們平均分攤的吧。

今日(きょう)は私(わたし)がご馳走(ちそう)します。
kyo.u.wa./wa.ta.shi.ga./go.chi.so.u.shi.ma.su.
今天我請客。

點心宵夜

實用問句

外(そと)でおやつを食(た)べませんか？

so.to.de./o.ya.tsu.o./ta.be.ma.se.n.ka.

要不要去外面吃點心？

道地生活短句

ダイエットしているのに間食(かんしょく)がやめられない。

da.i.e.tto./shi.te.i.ru./no.ni./ka.n.sho.ku.ga./ya.me.ra.re.na.i.

明明在減肥卻無法不吃零食。（間食(かんしょく)：正餐以外的零食點心）

いつも夜遅(よるおそ)くまでテレビを見(み)ながら夜食(やしょく)を食(た)べます。

i.tsu.mo./yo.ru.o.so.ku./ma.de./te.re.bi.o./mi.na.ga.ra./ya.sho.ku.o./ta.be.ma.su.

總是一邊吃宵夜一邊看電視到深夜。

父(ちち)はよく夜食(やしょく)を作(つく)ってくれる。

chi.chi.wa./yo.ku./ya.sho.ku.o./tsu.ku.tte./ku.re.ru.

父親常做宵夜給我吃。

Chapter.07
交通篇

Track 096

出門

實用問句

今日(きょう)は何(なに)か予定(よてい)あるの？
kyo.u.wa./na.ni.ka./yo.tei./a.ru.no.
今天有什麼計畫嗎？

飲(の)みに行(い)きましょうか？
no.mi.ni./i.ki.ma.sho.u.ka.
要不要去喝一杯？

道地生活短句

今日(きょう)、映画(えいが)を見(み)に行(い)きたいな。
kyo.u./e.i.ga.o./mi.ni./i.ki.ta.i.na.
今天想去看電影。

明日(あした)は歯医者(はいしゃ)に行(い)かなきゃ。
a.shi.ta.wa./ha.i.sha.ni./i.ka.na.kya.
明天要去看牙醫才行。

午後(ごご)は彼氏(かれし)とデートよ。
go.go.wa./ka.re.shi.to./de.e.to.yo.
下午要和男友約會。

交通方式

Track 096

實用問句

ちかてつ
バスと地下鉄なら、どっちがいいですか？
ba.su.to.chi.ka.te.tsu.na.ra./do.cchi.ga./i.i.de.su.ka.
公車和地下鐵，哪個比較好？

でんしゃ　い
電車ではどうやって行くのですか？
de.n.sha.de.wa./do.u.ya.tte./i.ku.no.de.su.ka.
搭火車去的話要怎麼搭？

道地生活短句

たいぺい　こうつうきかん　はったつ
台北は交通機関が発達しています。
ta.i.pe.i.wa./ko.u.tsu.u.ki.ka.n.ga./ha.tta.tsu./shi.te./i.ma.su.
台北的交通發達。

ふね　せかいいっしゅう
船で世界一周しました。
fu.ne.de./se.ka.i.i.sshu.u./shi.ma.shi.ta.
坐船環遊了世界一周。

ある　い
歩いて行きます。
a.ru.i.te./i.ki.ma.su.
走路去。

開車

實用問句

うんてんでき
運転出来ますか？
u.n.te.n.de.ki.ma.su.ka.
你會開車嗎？

きょう　　　　　　い
今日ドライブに行かない？
kyo.u./do.ra.i.bu.ni./i.ka.na.i.
今天要不要去兜風？

道地生活短句

ねむ　　　　　うんてんか
眠くなったら運転替わるからね。
ne.mu.ku.na.tta.ra./u.n.te.n.ka.wa.ru.ka.ra.ne.
如果你想睡的話就換我開。

うんてんめんきょ　も
運転免許を持っています。
u.n.te.n.me.n.kyo.o./mo.tte./i.ma.su.
有駕照。

加油

Track 097

實用問句

この辺(へん)にガソリンスタンドはありますか？
ko.no./he.n.ni./ga.so.ri.n.su.ta.n.do.wa./a.ri.ma.su.ka.
這附近有加油站嗎？

道地生活短句

ガソリンが切(き)れそうだ。
ga.so.ri.n.ga./ki.re.so.u.da.
快沒油了。

満(まん)タンにしてください。
ma.n.ta.n.ni./shi.te.ku.da.sa.i.
請加滿油。

レギュラー満(まん)タンで。
re.gyu.ra.a./ma.n.ta.n.de.
無鉛汽油加滿。

オイル交換(こうかん)をお願(ねが)いします。
o.i.ru.ko.u.ka.n.o./o.ne.ga.i.shi.ma.su.
請幫我換機油。

Track 098

洗車

實用問句

はいざら　す
灰皿のゴミを捨ててもらえますか？
ha.i.za.ra.no./go.mi.o./su.te.te./mo.ra.e.ma.su.ka.
可以幫我把菸灰缸清一下嗎？

道地生活短句

むすめ　せんしゃ　てつだ
娘が洗車を手伝ってくれた。
mu.su.me.ga./se.n.sha.o./te.tsu.da.tte./ku.re.ta.
女兒幫忙我一起洗車。

せんしゃ　せんしゃ
コイン洗車で洗車してみた。
ko.i.n.se.n.sha.de./se.n.sha.shi.te./mi.ta.
試著在自助洗車場洗了車。

まどふ　ねが
窓拭きをお願いします。
ma.do.fu.ku.o./o.ne.ga.i./shi.ma.su.
請幫我擦窗。

せんしゃ　ねが
洗車とワックスお願いします。
se.n.sha.to./wa.kku.su./o.ne.ga.i./shi.ma.su.
請幫我洗車和打蠟。

塞車

Track 098

實用問句

渋滞(じゅうたい)でいったいいつ帰(かえ)れるのやら？

ju.u.ta.i.de./i.tta.i./i.tsu./ka.e.ru.no./ya.ra.

因為塞車，到底幾點才能回家？

道地生活短句

ああ、渋滞(じゅうたい)にはまってしまった。

a.a./ju.u.ta.i.ni./ha.ma.tte./shi.ma.tta.

啊，遇上塞車了。

帰省(きせい)する人(ひと)たちで高速道路(こうそくどうろ)は渋滞(じゅうたい)します。

ki.se.i./su.ru./hi.to.ta.chi.de./ko.u.so.ku.do.u.ro.wa./ju.u.ta.i./shi.ma.su.

因為返鄉人潮造成高速公路塞車。

大雪(おおゆき)の影響(えいきょう)で高速(こうそく)が渋滞(じゅうたい)です。

o.o.yu.ki.no./e.i.kyo.u.de./ko.u.so.ku.ga./ju.u.ta.i./de.su.

因為大雪的影響，高速公路塞車。

全然動(ぜんぜんうご)かないね。

ze.n.ze.n./u.go.ka.na.i.ne.

（車流）都沒前進耶。

Track 099

行車問題

實用問句

ギアが入(はい)らない。故障(こしょう)かな？

gi.a.ga./ha.i.ra.na.i./ko.sho.u./ka.na.

沒辦法進檔。是不是故障了？

道地生活短句

パンクした。

pa.n.ku.shi.ta.

爆胎了。

エンジンがかからない。

e.n.ji.n.ga./ka.ka.ra.na.i.

沒辦法發動引擎。

どこか半(はん)ドアみたい。

do.ko.ka./ha.n.do.a./mi.ta.i.

好像有車門沒關緊。

窓(まど)が閉(し)まらない。

ma.do.ga./shi.ma.ra.na.i.

車窗關不上。

迷路

Track 099

實用問句

ここはどこですか？

ko.ko.wa./do.ko.de.su.ka.

請問這裡是哪裡？

ここは何(なん)ていう通(とお)りですか？

ko.ko.wa./na.n.te.i.u./to.o.ri.de.su.ka.

請問這條是什麼路？

道(みち)は合(あ)ってますか？

mi.chi.wa./a.tte.ma.su.ka.

這條路對嗎？

道地生活短句

この住所(じゅうしょ)のところへ行(い)きたいのですが、見当(みあ)たりません。

ko.no.ju.u.sho.no./to.ko.ro.e./i.ki.ta.i.no.de.su.ga./mi.a.ta.ri.ma.se.n.

我想到這個地址，但找不到。

道(みち)に迷(まよ)って遅(おそ)くなってすみません。

mi.chi.ni./ma.yo.tte./o.so.ku.na.tte./su.mi.ma.se.n.

因為迷路所以遲到了，不好意思。

火車地鐵

實用問句

たいぺい　の
台北のMRTに乗ったことがありますか？
ta.i.pe.i.no./e.mu.a.ru.ti.ni./no.tta./ko.to.ga./a.ri.ma.su.ka.
你坐過台北捷運嗎？

道地生活短句

ちかてつ　い　はや
地下鉄で行ったほうが速い。
chi.ka.te.tsu.de./i.tta./ho.u.ga./ha.ya.i.
坐地鐵去比較快。

きょう　あさ　でんしゃ　こ
今日の朝の電車はいつもより混んでいた。
kyo.u.no./a.sa.no./de.n.sha.wa./i.tsu.mo./yo.ri./ko.n.de./i.ta.
今早的電車比平常擠。

れっしゃ　す
列車が空いている。
re.ssha.ga./su.i.te./i.ru.
車廂很空。

ひこうき　しんかんせん　りよう　ひと　おお
飛行機より、新幹線を利用する人のほうが多い。
hi.ko.u.ki./yo.ri./shi.n.ka.n.se.n.o./ri.yo.u./su.ru./hi.to.no./ho.u.ga./o.o.i.
搭新幹線比搭飛機的人多。

買車票

Track 100

實用問句

いちにちけん
一日券はありますか？
i.chi.ni.chi.ke.n.wa./a.ri.ma.su.ka.
有一日券嗎？

とちゅうげしゃ
このきっぷで途中下車できますか？
ko.no./ki.ppu.de./to.chu.u.ge.sha./de.ki.ma.su.ka.
可以憑這車票中途出站嗎？

道地生活短句

おうふくきっぷ
往復切符ください。
o.u.fu.ku./ki.ppu./ku.da.sa.i.
我要買來回票。

かたみちきっぷ
片道切符ください。
ka.ta.mi.chi./ki.ppu./ku.da.sa.i.
我要買單程票。

おおさか　おとな　まい
大阪まで、大人2枚ください。
o.o.sa.ka./ma.de./o.to.na.ni.ma.i./ku.da.sa.i.
2張到大阪的全票。

乘車處

實用問句

駅(えき)はどこですか？

e.ki.wa./do.ko.de.su.ka.

車站在哪裡？

渋谷(しぶや)行(ゆ)きは何番線(なんばんせん)ですか？

shi.bu.ya./yu.ki.wa./na.n.ba.n.se.n./de.su.ka.

往澀谷是幾號月台？

何号車(なんごうしゃ)ですか？

na.n.go.u.sha./de.su.ka.

請問是幾號車？

新横浜(しんよこはま)行(ゆ)きの列車(れっしゃ)はこの駅(えき)に止(と)まりますか？

shi.n.yo.ko.ha.ma.yu.ki.no./re.ssha.wa./ko.no.e.ki.ni./to.ma.ri.ma.su.ka.

往新橫濱的車會停這個站嗎？

道地生活短句

女性専用車両(じょせいせんようしゃりょう)を探(さが)していますが。

jo.se.i.se.n.yo.u.sha.ryo.u.o./sa.ga.shi.te./i.ma.su.ga.

我在找女性專用車廂。

乘車

Track 101

實用問句

トイレは何号車(なんごうしゃ)にありますか？

to.i.re.wa./na.n.go.u.sha.ni./a.ri.ma.su.ka.

廁所在幾號車廂？

道地生活短句

新宿(しんじゅく)までの乗(の)り換(か)えをアプリで調(しら)べた。

shi.n.ju.ku./ma.de.no./no.ri.ka.e.o./a.pu.ri.de./shi.ra.be.ta.

我已經用 APP 查好怎麼轉乘車到新宿。

電車(でんしゃ)の時間(じかん)に間(ま)に合(あ)わなかった。

de.n.sha.no./ji.ka.n.ni./ma.ni./a.wa.na.ka.tta.

趕不上火車。

ここは私(わたし)の席(せき)ですが。

ko.ko.wa./wa.ta.shi.no./se.ki./de.su.ga.

這是我的位子。

ちょっと車酔(くるまよ)いしそう。

cho.tto./ku.ru.ma.yo.i./shi.so.u.

好像快暈車了。

下車

實用問句

次の駅は新大久保ですか？（つぎ／えき／しんおおくぼ）
tsu.gi.no.e.ki.wa./shi.n.o.o.ku.bo.de.su.ka.
下一站是新大久保嗎？

道地生活短句

着きました。（つ）
tsu.ki.ma.shi.ta.
到了。

次で降りますよ。（つぎ／お）
tsu.gi.de./o.ri.ma.su.yo.
下站就要下車了。

乗り過ごしてしまった。（の／す）
no.ri.su.go.shi.te./shi.ma.tta.
我坐過站了。

改札口で待っています。（かいさつぐち／ま）
ka.i.sa.tsu.gu.chi.de./ma.tte./i.ma.su.
我在票口等你。

火車突發狀況

Track 102

實用問句

ここはなんという駅(えき)ですか？
ko.ko.wa./na.n.to.i.u.e.ki.de.su.ka.
這站的站名是什麼？

道地生活短句

電車(でんしゃ)に忘(わす)れ物(もの)をしたのですが。
de.n.sha.ni./wa.su.re.mo.no.o./shi.ta.no.de.su.ga.
我把東西忘在電車上了。

人身事故(じんしんじこ)だそうです。
ji.shi.n.ji.ko.da.so.u.de.su.
好像有事故。

切符(きっぷ)をなくしてしまいました。
ki.ppu.o./na.ku.shi.te./shi.ma.i.ma.shi.ta.
我把車票弄丟了。

しまった、逆方向(ぎゃくほうこう)に乗(の)っちゃった。
shi.ma.tta./gya.ku.ho.u.ko.u.ni./no.ccha.tta.
糟了，坐到反方向了。

Track 103

計程車

實用問句

タクシーはどこで拾(ひろ)えますか？
ta.ku.shi.i.wa./do.ko.de./hi.ro.e.ma.su.ka.
哪裡招得到計程車？

タクシーを呼(よ)んでもらえますか？
ta.ku.shi.i.o./yo.n.de./mo.ra.e.ma.su.ka.
可以幫我叫計程車嗎？

道地生活短句

この住所(じゅうしょ)までお願(ねが)いします。
ko.no.ju.u.sho.ma.de./o.ne.ga.i.shi.ma.su.
我要到這個地址。

荷物(にもつ)をトランクに入(い)れてください。
ni.mo.tsu.o./to.ra.n.ku.ni./i.re.te./ku.da.sa.i.
請幫我把行李放到後車廂。

ここで降(お)ろしてください。
ko.ko.de./o.ro.shi.te./ku.da.sa.i.
我要在這裡下車。

巴士

Track 103

實用問句

バスのりばはどこですか？
ba.su.no.ri.ba.wa./do.ko.de.su.ka.
巴士乘車處在哪裡？

このバスは清水寺（きよみずでら）に止（と）まりますか？
ko.no.ba.su.wa./ki.yo.mi.zu.de.ra.ni./to.ma.ri.ma.su.ka.
這台公車會停清水寺嗎？

この交通（こうつう）カードは使（つか）えますか？
ko.no./ko.u.tsu.u.ka.a.do.wa./tsu.ka.e.ma.su.ka.
這張交通卡可以用嗎？

道地生活短句

前払（まえばら）いですか？
ma.e.ba.ra.i.de.su.ka.
先付車資嗎？

前乗（まえの）りですか？
ma.e.no.ri.de.su.ka.
前門上車嗎？

船

實用問句

みなと　ふね　の

どの 港 からこの船に乗ったんですか？

do.no./mi.na.to./ka.ra./ko.no./fu.ne.ni./no.tta.n./de.su.ka.

你是在哪個港口上船的呢？

....

ゆめ　せかい　まわ

夢は、クルージングで世界を周ることです。

yu.me.wa./ku.ru.u.ji.n.gu.de./se.ka.i.o./ma.wa.ru./ko.to./de.su.

我的夢想是搭郵輪環遊世界。

....

つぎ　ていはくち　し

次の停泊地を知っている？

tsu.gi.no./te.i.ha.ku.chi.o./shi.tte./i.ru.

你知道下個停靠港是哪裡嗎？

道地生活短句

わたし　ふなよ

私 は船酔いするんだ。

wa.ta.shi.wa./fu.na.yo.i./su.ru.n.da.

我會暈船。

....

きのう　ふね　はげ　ゆ

昨日は船が激しく揺れたね。

ki.no.u.wa./fu.ne.ga./ha.ge.shi.ku./yu.re.ta.ne.

昨天船晃得真嚴重啊。

飛機

Track 104

實用問句

おな　じかんたい　こうくうがいしゃ　びん　やす
同じ時間帯でどの航空会社の便が安いですか？

o.na.ji./ji.ka.n.da.i.de./do.no./ko.u.ku.u.ga.i.sha.no./bi.n.ga./ya.su.i./de.su.ka.

同時間的航班，哪間航空公司的比較便宜？

しゅっぱつ
いつ、ご出発になりますか？

i.tsu./go.shu.ppa.tsu.ni./na.ri.ma.su.ka.

請問您何時出發？

はや　びん
もっと早い便にかえられませんか？

mo.tto./ha.ya.i.bi.n.ni./ka.e.ra.re.ma.se.n.ka.

可以換成早一點的航班嗎？

道地生活短句

ま
キャンセル待ちします。

kya.n.se.ru.ma.chi./shi.ma.su.

我要等候補（機位）。

Track 105

登機手續

實用問句

じゃる
JAL のカウンターはどこですか？
ja.ru.no./ka.u.n.ta.a.wa./do.ko./de.su.ka.
日本航空的櫃臺在哪裡？

道地生活短句

ねが
チェックインをお願いします。
che.kku.i.n.o./o.ne.ga.i./shi.ma.su.
我要辦理登機手續。

ひじょうぐち　ちか　ねが
非常口の近くをお願いします。
hi.jo.u.gu.chi.no./chi.ka.ku.o./o.ne.ga.i./shi.ma.su.
我想要緊急出口附近的位子。

でんし　いんさつ　かみ　も
電子チケットを印刷した紙を持ってきました。
de.n.shi./chi.ke.tto.o./i.n.sa.tsu./shi.ta./ka.mi.o./mo.tte./ki.ma.shi.ta.
我把印出來的電子機票帶來了。

ネットでチェックインしました。
ne.tto.de./che.kku.i.n./shi.ma.shi.ta.
我辦好線上登機了。

登機

Track 105

實用問句

何番(なんばん)ゲートですか？
na.n.ba.n./ge.e.to./de.su.ka.
是幾號登機門？

搭乗(とうじょう)はいつ始(はじ)まりますか？
to.u.jo.u.wa./i.tsu./ha.ji.ma.ri.ma.su.ka.
何時開始登機？

あれっ？搭乗券(とうじょうけん)どこだっけ？
a.re./to.u.jo.u.ke.n./do.ko.da.kke.
咦？登機證放哪兒去了？

道地生活短句

10分前(ぷんまえ)までには搭乗口(とうじょうぐち)に到着(とうちゃく)している必要(ひつよう)があります。
ji.ppu.n.ma.e./ma.de./ni.wa./to.u.jo.u.gu.chi.ni./to.u.cha.ku./shi.te./i.ru./hi.tsu.yo.u.ga./a.ri.ma.su.
需要10分鐘前到搭登機門。

101便(びん)は10番(ばん)ゲートに変更(へんこう)しました。
hya.ku.i.chi.bi.n.wa./ju.u.ba.n.ge.e.to.ni./he.n.ko.u./shi.ma.shi.ta.
101次班機換到10號登機門了。

飛機座位

實用問句

すみません、ここは私(わたし)の席(せき)だと思(おも)いますが。
su.mi.ma.se.n./ko.ko.wa./wa.ta.shi.no./se.ki.da.to./o.mo.i.ma.su.ga.
不好意思，這是我的位子。

……………………………………………………

座席(ざせき)を変(か)えていただけますか？
za.se.ki.o./ka.e.te./i.ta.da.ke.ma.su.ka.
我可以換位子嗎？

……………………………………………………

窓際(まどぎわ)の席(せき)が空(あ)いているんでしたら移(うつ)りたいんですが？
ma.do.gi.wa.no./se.ki.ga./a.i.te./i.ru.n./de.shi.ta.ra./u.tsu.ri.ta.i.n./de.su.ga.
如果有靠窗位子的話，我想換過去。

道地生活短句

私(わたし)の席(せき)に他(ほか)の人(ひと)が座(すわ)っているようです。
wa.ta.shi.no./se.ki.ni./ho.ka.no.hi.to.ga./su.wa.tte./i.ru./yo.u./de.su.
有人坐了我的位置。

機內需求

Track 106

實用問句

毛布を1 枚いただけませんか？

mo.u.fu.o./i.chi.ma.i./i.ta.da.ke.ma.se.n.ka.

可以給我1條毯子嗎？

道地生活短句

バッグを入れる場所が見つからないのですが。

ba.ggu.o./i.re.ru.ba.sho.ga./mi.tsu.ka.ra.na.i.no.de.su.ga.

我找不到地方放行李。

食事をもらいそこねました。

sho.kku.ji.o./mo.ra.i.so.ko.ne.ma.shi.ta.

我沒拿到餐點。

窓を閉めてもらっていいですか？

ma.do.o./shi.me.te./mo.ra.tte./i.i./de.su.ka.

可以請你把窗板關上嗎？

ちょっと椅子を前にしてもらっていいですか？

cho.tto./i.su.o./ma.e.ni./shi.te./mo.ra.tte./i.i./de.su.ka.

（對前方座位的人說）可以請你把椅背豎直一點嗎？

轉機

實用問句

乗(の)り継(つ)ぎカウンターはどこですか？

no.ri.tsu.gi./ka.u.n.ta.a.wa./do.ko./de.su.ka.

請問轉機櫃臺在哪裡？

道地生活短句

成田空港(なりたくうこう)で乗(の)り継(つ)ぎしたいのですが。

na.ri.ta.ku.u.ko.u.de./no.ri.tsu.gi./shi.ta.i.no./de.su.ga.

我想在成田機場轉機。

乗(の)り継(つ)ぎ便(びん)に間(ま)に合(あ)わなくなりそうなのですが。。

no.ri.tsu.gi.bi.n.ni./ma.ni.a.wa.na.ku./na.ri.so.u./na.no./de.su.ga.

我好像趕不上轉機。

乗(の)り継(つ)ぎ時間(じかん)まで　免税店(めんぜいてん)に行(い)ってきたいのですが。

no.ri.tsu.gi./ji.ka.n./ma.de./me.n.ze.i.te.n.ni./i.tte./i.ki.ta.i.no./de.su.ga

在轉機時間到之前，我想去免稅店。

行李

Track 107

實用問句

この重い荷物を運ぶのを手伝ってくれませんか？

ko.no./o.mo.i./ni.mo.tsu.o./ha.ko.bu.no.o./te.tsu.da.tte./ku.re.ma.se.n.ka.

可以幫我搬這個重的行李嗎？

道地生活短句

私の荷物が見当たりません。

wa.ta.shi.no./ni.mo.tsu.ga./mi.a.ta.ri.ma.se.n.

我找不到我的行李。

スーツケースが壊れています。

su.u.tsu.ke.e.su.ga./ko.wa.re.te./i.ma.su.

行李箱壞了。

誰かが間違えて持っていったようです。

da.re.ka.ga./ma.chi.ga.e.te./mo.tte./i.tta./yo.u./de.su.

大概被別人拿走了。

電梯手扶梯

實用問句

何階(なんかい)ですか？

na.n.ka.i.de.su.ka.

請問到幾樓？

道地生活短句

5階(ごかい)でお願(ねが)いします。

go.ka.i.de./o.ne.ga.i.shi.ma.su.

我要到5樓。/請幫我按5樓。

お先(さき)にどうぞ。

o.sa.ki.ni./do.u.zo.

你先請。

下(した)に行(い)きますけど。

shi.ta.ni./i.ki.ma.su.ke.do.

這電梯是向下的。

すいません、降(お)ります。

su.i.ma.se.n./o.ri.ma.su.

借過，我要出去（出電梯）。

問路

Track 108

實用問句

どこですか？
do.ko.de.su.ka.
在哪邊？

ここから遠いですか？
ko.ko.ka.ra./to.o.i.de.su.ka.
離這裡遠嗎？

一番近い地下鉄はどこですか？
i.chi.ba.n./chi.ka.i./chi.ka.te.tsu.wa./do.ko./de.su.ka.
請問最近的地下鐵在哪裡？

これは上野公園に行く道ですか？
ko.re.wa./u.e.no.ko.u.e.n.ni./i.ku./mi.chi./de.su.ka.
這是往上野公園的路嗎？

道地生活短句

すみませんが、上野動物園への道を教えてください。
su.mi.ma.se.n.ga./u.e.no.do.u.bu.tsu.e.n.e.no.mi.chi.o./o.shi.e.te.ku.da.sa.i.
不好意思，請問往上野動物園該怎麼走。

指引道路

道地生活短句

この道(みち)のつきあたりにあります。

ko.no./mi.chi.no./tsu.ki.a.ta.ri.ni./a.ri.ma.su.

在這條路的盡頭。

....

この通(とお)り沿(ぞ)いにまっすぐ行(い)って、コンビニのところで、左(ひだり)に曲(ま)がってください。

ko.no./to.o.ri.zo.i.ni./ma.ssu.gu./i.tte./ko.n.bi.ni.no./to.ko.ro.de./hi.da.ri.ni./ma.ga.tte./ku.da.sa.i.

沿著這條路直走，到便利商店處左轉。

....

私(わたし)も、ここは初(はじ)めてです。

wa.ta.shi.mo./ko.ko.wa./ha.ji.me.te./de.su.

我也是初次到這裡（不知道路）。

....

タクシーを拾(ひろ)ったほうがいいですよ。

ta.kku.shi.i.o./hi.ro.tta./ho.u.ga./i.i./de.su.yo.

坐計程車去比較快喔。

....

道(みち)の反対側(はんたいがわ)にあります。

mi.chi.no./ha.n.ta.i.ga.wa.ni./a.ri.ma.su.

在道路另一側。

租車

Track 109

實用問句

ナビはついていますか？
na.bi.wa./tsu.i.te.i.ma.su.ka.
車上有導航系統嗎？

ほけん
保険はついていますか？
ho.ke.n.wa./tsu.i.te./i.ma.su.ka.
附保險嗎？

道地生活短句

かかん よやく もの
コンパクトカーを3日間で予約した者ですが。
ko.n.pa.ku.to.ka.a.o./mi.kka.ka.n.de./yo.ya.ku.shi.ta./mo.no./de.su.ga.
我預約了3天小轎車。

こくさいめんきょしょう も
国際免許証とクレジットカードを持っています。
ko.ku.sa.i./me.n.kyo.sho.u.to./ku.re.ji.tto.ka.a.do.o./mo.tte./i.ma.su.
我有帶國際駕照和信用卡。

なりたくうこう の す ねが
成田空港に乗り捨てをお願いしたいのですが。
na.ri.ta.ku.u.ko.u.ni./no.ri.su.te.o./o.ne.ga.i./shi.ta.i.no./de.su.ga.
我想在成田機場還車。

機車自行車

實用問句

レンタルサイクルはありますか？

re.n.ta.ru.sa.i.ku.ru.wa./a.ri.ma.su.ka.

有沒有出租自行車？

道地生活短句

自転車(じてんしゃ)で街(まち)をひと回(まわ)りしてみました。

ji.te.n.sha.de./ma.chi.o./hi.to.ma.wa.ri./shi.te./mi.ma.shi.ta.

騎自行車在街上轉了一圈。

....

高校時代(こうこうじだい)は自転車通学(じてんしゃつうがく)でした。

ko.u.ko.u.ji.da.i.wa./ji.te.n.sha.tsu.u.ga.ku./de.shi.ta.

高中時是騎自行車上學。

....

台湾(たいわん)では、スクーターに乗(の)って通勤(つうきん)する人(ひと)が多(おお)いです。

ta.i.wa.n.de.wa./su.ku.u.ta.a.ni./no.tte./tsu.u.ki.n.su.ru./hi.to.ga./o.o.i.de.su.

台灣騎機車上下班的人很多。

....

時間(じかん)がないからバイクで駅(えき)まで行(い)く。

ji.ka.n.ga./na.i.ka.ra./ba.i.ku.de./e.ki.ma.de./i.ku.

因為沒時間了所以騎機車去車站。

JAPAN

JAPAN

出入問候

實用問句

お<ruby>出<rt>で</rt></ruby>かけですか？
o.de.ka.ke./de.su.ka.
要出門嗎？

道地生活短句

<ruby>行<rt>い</rt></ruby>ってきます。
i.tte.ki.ma.su.
我要出門了。

<ruby>行<rt>い</rt></ruby>ってらっしゃい。
i.tte.ra.ssha.i.
慢走。

ただいま。
ta.da.i.ma.
我回來了。

お<ruby>帰<rt>かえ</rt></ruby>りなさい。
o.ka.e.ri.na.sa.i.
歡迎回來。

公眾場所

Track 111

實用問句

台北(たいぺい)の夜市(よいち)に行(い)ってみない？
ta.i.pe.i.no./yo.i.chi.ni./i.tte./mi.na.i.
要不要去台北的夜市看看？

道地生活短句

101は台北(たいぺい)のランドマークです。
i.chi.ma.ru.i.chi.wa./ta.i.pe.i.no./ra.n.do.ma.a.ku./de.su.
101是台北的地標。

駅(えき)の近(ちか)くに新(あたら)しい図書館(としょかん)ができたみたい。
e.ki.no./chi.ka.kku.ni./a.ta.ra.shi.i./to.sho.ka.n.ga./de.ki.ta./mi.ta.i.
在車站附近好像有了新的圖書館。

静(しず)かでリラックスできる公園(こうえん)だね。
shi.zu.ka.de./ri.ra.kku.su./de.ki.ru./ko.u.e.n./da.ne.
真是個安靜又讓人充分放鬆的公園呢。

Track 112

相約外出

實用問句

渋谷(しぶや)まで出(で)てこない？

shi.bu.ya./ma.de./de.te./ko.na.i.

要不要到澀谷來？

ドライブ行(い)かない？

do.ra.i.bu./i.ka.na.i.

要不要開車去兜風？

道地生活短句

どこか行(い)こう！

do.ko.ka./i.ko.u.

出去走走！

家(いえ)にいたらもったいないね。

i.e.ni./i.ta.ra./mo.tta.i.na.i.ne.

待在家太可惜了。

今度(こんど)の日曜日(にちようび)、買(か)い物(もの)に行(い)きましょう。

ko.n.do.no./ni.chi.yo.u.bi./ka.i.mo.no.ni./i.ki.ma.sho.u.

下個星期天，我們一起去購物吧。

即將前往

Track 112

實用問句

これから仕事(しごと)ですか？
ko.re.ka.ra./shi.go.to./de.su.ka.
要去工作了嗎？

道地生活短句

来週(らいしゅう)のディズニーが楽(たの)しみです。
ra.i.shu.u.no./di.zu.ni.i.ga./ta.no.shi.mi./de.su.
很期待下週去迪士尼。

明日(あした)はお花見(はなみ)に行(い)く予定(よてい)です。
a.shi.ta.wa./o.ha.na.mi.ni./i.ku./yo.te.i./de.su.
明天計畫要去賞櫻。

次(つぎ)は旭川動物園(あさひかわどうぶつえん)に行(い)きたいです。
tsu.gi.wa./a.sa.hi.ka.wa./do.u.bu.tsu.e.n.ni./i.ki.ta.i./de.su.
下次想去旭川動物園。

午後(ごご)は郵便局(ゆうびんきょく)に行(い)かなきゃ。
go.go.wa./yu.u.bi.n.kyo.ku.ni./i.ka.na.kya.
下午得去郵局一趟才行。

去過的地方

實用問句

イタリアに行(い)ったことがありますか？
i.ta.ri.a.ni./i.tta./ko.to.ga./a.ri.ma.su.ka.
去過義大利嗎？

道地生活短句

沖縄(おきなわ)は1回(かい)しか行(い)ったことがありません。
o.ki.na.wa.wa./i.kka.i./shi.ka./i.tta./ko.to.ga./a.ri.ma.se.n.
只去過1次沖繩。

オーストリアにはもう1度(いちど)行(い)きたいです。
o.o.su.to.ri.a.ni.wa./mo.u./i.chi.do./i.ki.ta.i./de.su.
想再去1次奧地利。

上野(うえの)にあるラーメン店(てん)はほとんど知(し)っていますよ。
u.e.no.ni./a.ru./ra.a.me.n.te.n.wa./ho.to.n.do./shi.tte./i.ma.su.yo.
上野的拉麵店我幾乎都知道。

集合地點

Track 113

實用問句

どこで待(ま)ち合(あ)わせますか？
do.ko.de./ma.chi.a.wa.se.ma.su.ka.
要在哪裡會合？

何時(なんじ)に待(ま)ち合(あ)わせしようか？
na.n.ji.ni./ma.chi.a.wa.se./shi.yo.u.ka.
幾點集合呢？

道地生活短句

じゃあ、3時(じ)に駅(えき)で会(あ)おう。
ja.a./sa.n.ji.ni./e.ki.de./a.o.u.
那…，3點在車站集合。

渋谷駅(しぶやえき)で会(あ)いましょ。
shi.bu.ya.e.ki.de./a.i.ma.sho.
澀谷站見。

美術館(びじゅつかん)の入(い)り口(ぐち)で待(ま)っている。
bi.ju.tsu.ka.n.no./i.ri.gu.chi.de./ma.tte./i.ru.
我在美術館門口等你。

Track 114

遲到

實用問句

待（ま）った？

ma.tta.

等很久了嗎？

道地生活短句

おまたせ。

o.ma.ta.se.

久等了。

待（ま）たせてごめん。

ma.ta.se.te./go.me.n.

不好意思讓你等。

遅（おく）れてしまってすみません。

o.ku.re.te./shi.ma.tte./su.mi.ma.se.n.

對不起我遲到了。

すごい待（ま）ったよ。

su.go.i./ma.tta.yo.

我等好久了。

購物

Track 114

實用問句

帰りにアイスを買ってきてくれない？

ka.e.ri.ni./a.i.su.o./ka.tte./ki.te./ku.re.na.i.

回家路上可以幫我買冰淇淋嗎？

それ、どこで売っていますか？

so.re./do.ko.de./u.tte./i.ma.su.ka.

哪裡有賣那個？

道地生活短句

よく買いすぎてしまう。

yo.ku./ka.i.su.gi.te./shi.ma.u.

常常買太多。

いつもネットで買い物を済ませています。

i.tsu.mo./ne.tto.de./ka.i.mo.no.o./su.ma.se.te./i.ma.su.

總是在網路上完成購物需求。

普段あまり買い物をしません。

fu.da.n./a.ma.ri./ka.i.mo.no.o./shi.ma.se.n.

平常不太買東西。

Track 115

超市

實用問句

バラ売りできますか？

ba.ra.u.ri./de.ki.ma.su.ka.

可以零賣嗎？

買い物カゴはどこですか？

ka.i.mo.no.ka.go.wa./do.ko./de.su.ka.

購物籃在哪裡？

道地生活短句

牛肉を1キロください。

gyu.u.ni.ku.o./i.chi.ki.ro./ku.da.sa.i.

我要1公斤牛肉。

スーパーでお惣菜を買いました。

su.u.pa.a.de./o.so.u.za.i.o./ka.i.ma.shi.ta.

在超市買了熟食。

スーパーのチラシを見て買い物リストを作ります。

su.u.pa.a.no./chi.ra.shi.o./mi.te./ka.i.mo.no.ri.su.to.o./tsu.ku.ri.ma.su.

看超市的傳單來想購物清單。

Track 115

超商

實用問句

ゆ
お湯ってありますか？
o.yu.tte./a.ri.ma.su.ka.
有熱水嗎？

き　つか　かた　おし
コピー機の使い方を教えてもらえますか？
ko.pi.i.ki.no./tsu.ka.i.ka.ta.o./o.shi.e.te./mo.ra.e.ma.su.ka.
能教我用影印機嗎？

道地生活短句

あたた
温　めてください。
a.ta.ta.me.te./ku.da.sa.i.
請幫我加熱。

ウェットティッシュください。
we.tto.ti.sshu./ku.da.sa.i.
請給我濕紙巾。

ふくろ
袋　はいりません。
fu.ku.ro.wa./i.ri.ma.se.n.
不要袋子。

Track 116

百貨

實用問句

バーゲンセールはいつからですか？
ba.a.ge.n./se.e.ru.wa./i.tsu.ka.ra./de.su.ka.
折扣是從什麼時候開始呢？

セール会場は何階ですか？
se.e.ru.ka.i.jo.u.wa./na.n.ka.i.de.su.ka.
特賣會場在幾樓？

道地生活短句

今日は東北物産展があるそうです。
kyo.u.wa./to.u.ho.ku./bu.ssa.n.te.n.ga./a.ru./so.u./de.su.
今天好像有東北物產展。

ポイントカードは持っていません。
po.i.n.to.ka.a.do.wa./mo.tte./i.ma.se.n.
我沒有集點卡。

デパートで買ったほうが安心して買えます。
de.pa.a.to.de./ka.tta./ho.u.ga./a.n.shi.n./shi.te./ka.e.ma.su.
百貨公司比較能買得安心。

找商品

Track 116

實用問句

子供用品（こどもようひん）はないんですか？
ko.do.mo.yo.u.hi.n.wa./na.i.n.de.su.ka.
沒賣嬰幼兒用品嗎？

道地生活短句

子供（こども）へのプレゼントを探（さが）しているんですけど。
ko.do.mo.e.no./pu.re.ze.n.to.o./sa.ga.shi.te.i.ru.n./de.su.ka.do.
我想找送小孩的禮物。

見（み）ているだけです。ありがとう。
mi.te./i.ru./da.ke./de.su./a.ri.ga.to.u.
我只是看看。謝謝。

残念（ざんねん）ですが、またにします。
za.n.ne.n./de.su.ga./ma.ta.ni./shi.ma.su.
（想找的商品沒有時）真可惜，我下次再來。

商品狀況

實用問句

どれくらい持ちますか？
do.re./ku.ra.i./mo.chi.ma.su.ka.
可以保存多久？

この時計はどこ製ですか？
ko.no./to.ke.i.wa./do.ko.se.i./de.su.ka.
這手錶是哪裡製的？

道地生活短句

新しいのはありますか？
a.ta.ra.shi.i.no.wa./a.ri.ma.su.ga.
有新的嗎？

申し訳ございません。只今、在庫切れです。
mo.u.shi.wa.ke./go.za.i.ma.se.n./ta.da.i.ma./za.i.ko.gi.re./de.su.
很抱歉，現在缺貨中。

それは取り扱っておりません。
so.re.wa./to.ri.a.tsu.ka.tte./o.ri.ma.se.n.
本店沒有賣。

顏色款式

Track 117

實用問句

このシャツの半袖(はんそで)はありますか？
ko.no./sha.tsu.no./ha.n.so.de.wa./a.ri.ma.su.ka.
這襯衫有短袖的嗎？

無地(むじ)のはありますか？
mu.ji.no.wa./a.ri.ma.su.ka.
有素面的嗎？

ほかにどんな色(いろ)ありますか？
ho.ka.ni./do.n.na.i.ro./a.ri.ma.su.ka.
有其他顏色嗎？

道地生活短句

別(べつ)のデザインのものを見(み)せてください。
be.tsu.no./de.za.i.n.no./mo.no.o./mi.se.te./ku.da.sa.i.
我想看別的款式。

厚手(あつで)のがほしいんですけど。
a.tsu.de.no.ga./ho.shi.i.n.de.su.ke.do.
我想要厚一點的。

Track 118

尺寸

實用問句

もう少(すこ)し大(おお)きいサイズはありますか？
mo.u./su.ko.shi./o.o.ki.i./sa.i.zu.wa./a.ri.ma.su.ka.
有大一點的尺寸嗎？

私(わたし)に合(あ)いそうなサイズのものを選(えら)んでもらえませんか？
wa.ta.shi.ni./a.i.so.u.na./sa.i.zu.no./mo.no.o./e.ra.n.de./mo.ra.e.ma.se.n.ka.
可以幫我選適合我尺寸的嗎？

道地生活短句

このサイズはピッタリです。これにします。
ko.no./sa.i.zu.wa./pi.tta.ri./de.su./ko.re.ni./shi.ma.su.
這個尺寸剛好。我要買這個。

ちょっと大(おお)き過(す)ぎるようです。
cho.tto./o.o.ki.su.gi.ru./yo.u./de.su.
好像太大了。

このサイズは合(あ)いません。
ko.no./sa.i.zu.wa./a.i.ma.se.n.
這個尺寸不合。

試用試穿

Track 118

實用問句

試してみてもいいですか？（ためし）
ta.me.shi.te./mi.te.mo./i.i.de.su.ka.
可以試看看嗎？

試着してもいいですか？（しちゃく）
shi.cha.ku.shi.te.mo./i.i.de.su.ka.
可以試穿嗎？

道地生活短句

食べてみないとわからないですね。（た）
ta.be.te./mi.na.i.to./wa.ka.ra.na.i./de.su.ne.
不嚐嚐就不知道如何。

このドライヤーの使い方を教えてください。（つか・かた・おし）
ko.no./do.ra.i.ya.a.no./tsu.ka.i.ka.ta.o./o.shi.e.te./ku.da.sa.i.
請教我這個吹風機的使用方式。

これのサンプルはありますか？
ko.re.no./sa.n.pu.ru.wa./a.ri.ma.su.ka.
有這個的試用品嗎？

價格

實用問句

この値段(ねだん)は税込(ぜいこみ)ですか？

ko.no.ne.da.n.wa./ze.i.ko.mi.de.su.ka.

這價格是含稅嗎？

値引(ねび)きしていただけますか？

ne.bi.ki./shi.te./i.ta.da.ke.ma.su.ka.

可以打折嗎？

5個買(こか)うから1000円値引(えんねび)きしてもらえませんか？

go.ko./ka.u.ka.ra./se.n.e.n./ne.bi.ki.shi.te./mo.ra.e.ma.se.n.ka.

一次買5個可以便宜1000日圓嗎？

道地生活短句

高(たか)くて買(か)えません。

ta.ka.ku.te./ka.e.ma.se.n.

太貴了買不起。

安(やす)いですね。

ya.su.i./de.su.ne.

真便宜。

付款

Track 119

實用問句

全部(ぜんぶ)でいくらですか？
ze.n.bu.de./i.ku.ra.de.su.ka.
全部多少錢？

カードで一部(いちぶ)を支払(しはら)って、残(のこ)りを現金(げんきん)で支払(しはら)うことはできますか？
ka.a.do.de./i.chi.bu.o./shi.ha.ra.tte./no.ko.ri.o./ge.n.ki.n.de./shi.ha.ra.u./ko.to.wa./de.ki.ma.su.ka.
部分刷卡，部分付現，可以嗎？

道地生活短句

免税(めんぜい)の手続(てつづ)きを教(おし)えてください。
me.n.ze.i.no./te.tsu.zu.ki.o./o.shi.e.te./ku.da.sa.i.
請告訴我如何辦理退稅。

領収書(りょうしゅうしょ)ください。
ryo.u.shu.u.sho./ku.da.sa.i.
請給我收據。

包裝

實用問句

1時間用の保冷剤を入れてもらえますか？
i.chi.ji.ka.n.yo.u.no./ho.re.i.za.i.o./i.re.te./mo.ra.e.ma.su.ka.
可以在裡面放1小時用的保冷劑嗎？

これを別々に包んでもらえますか？
ko.re.o./be.tsu.be.tsu.ni./tsu.tsu.n.de./mo.ra.e.ma.su.ka.
這個可以分開包嗎？

道地生活短句

プレゼント用に包んでください。
pu.re.ze.n.to.yo.u.ni./tsu.tsu.n.de./ku.da.sa.i.
請幫我包裝（成禮品）。

手提げいらないです。
te.sa.ge./i.ra.na.i.de.su.
不用提袋了。

小袋ください。
ko.bu.ku.ro./ku.da.sa.i.
請給我小袋子。

調退換貨

Track 120

實用問句

明日(あした)まで取(と)り置(お)きしてもらえますか？
a.shi.ta.ma.de./to.ri.o.ki.shi.te./mo.ra.e.ma.su.ka.
可以幫我保留到明天嗎？

取(と)り寄(よ)せてもらえますか？
to.ri.yo.se.te./mo.ra.e.ma.su.ka.
可以幫我調貨嗎？

道地生活短句

返品(へんぴん)したいのですが。
he.n.pi.n.shi.ta.i.no./de.su.ga.
我想退貨。

交換(こうかん)するか返金(へんきん)してください。
ko.u.ka.n.su.ru.ka./he.n.ki.n.shi.te./ku.da.sa.i.
我想換貨或退貨。

間違(まちが)って購入(こうにゅう)してしまった。
ma.chi.ga.tte./ko.u.nyu.u.shi.te./shi.ma.tta.
我買錯了。

商品瑕疵

道地生活短句

ここが壊(こわ)れているようです。

ko.ko.ga./ko.wa.re.te./i.ru.yo.u.de.su.

這個壞了。

全然動(ぜんぜんうご)かないのですが。

ze.n.ze.n./u.go.ka.na.i.no.de.su.ga.

（商品）根本不能運作。

ここにシミがあります。

ko.ko.ni./shi.mi.ga./a.ri.ma.su.

這裡有污漬。

傷(きず)があります。

ki.zu.ga./a.ri.ma.su.

有損傷。

昨日(きのう)これを買(か)ったんですが、不良品(ふりょうひん)でした。

ki.no.u./ko.re.o./ka.tta.n./de.su.ga./fu.ryo.u.hi.n./de.shi.ta.

昨天我買了這個，但發現是瑕疵品。

醫院

Track 121

實用問句

診断書（しんだんしょ）をもらえますか？
shi.n.da.n.sho.o./mo.ra.e.ma.su.ka.
可以請你開診斷證明書嗎？

道地生活短句

この病院（びょういん）は初（はじ）めてです。
ko.no./byo.u.i.n.wa./ha.ji.me.te./de.su.
我是第一次到這間醫院。

救急車（きゅうきゅうしゃ）を呼（よ）んでください。
kyu.u.kyu.u.sha.o./yo.n.de./ku.da.sa.i.
請叫救護車。

田中先生（たなかせんせい）に診（み）てもらいたいのですが。
ta.na.ka./se.n.se.i.ni./mi.te./mo.ra.i.ta.i.no./de.su.ga.
我想讓田中醫師看診。

日本（にほん）の保険証（ほけんしょう）は持（も）っていないんですが。
ni.ho.n.no./ho.ke.n.sho.wa./mo.tte./i.na.i.n./de.su.ga.
我沒有日本的健保卡。

Track 122

藥局

實用問句

頭痛薬(ずつうやく)ありますか？

zu.tsu.u.ya.ku./a.ri.ma.su.ka.

有頭痛藥嗎？

飲(の)むのは食後(しょくご)ですか？

no.mu.no.wa./sho.ku.go.de.su.ka.

是飯後吃嗎？

道地生活短句

目薬(めぐすり)が欲(ほ)しいです。

me.gu.su.ri.ga./ho.shi.i.de.su.

我想要眼藥水。

バンドエイドをください。

ba.n.do.e.i.do.o./ku.da.sa.i.

請給我 OK 繃。

傷口(きずぐち)に塗(ぬ)ります。

ki.zu.gu.chi.ni./nu.ri.ma.su.

塗在傷口上。

銀行

Track 122

實用問句

残高(ざんだか)はいくらですか？
za.n.da.ka.wa./i.ku.ra./de.su.ka.
存款餘額是多少？

道地生活短句

ATMの使(つか)い方(かた)を教(おし)えてください。
a.ti.e.mu.no./tsu.ka.i./ka.ta.o./o.shi.e.te./ku.da.sa.i.
請教我使用ATM。

現金(げんきん)を引(ひ)き出(だ)したいのですが。
ge.n.ki.n.o./hi.ki.da.shi.ta.i.no./de.su.ga.
我想領錢。

この口座(こうざ)に振(ふ)り替(か)えしたいのですが。
ko.no./ko.u.za.ni./fu.ri.ka.e./shi.ta.i.no./de.su.ga.
我想匯款到這個帳號。

口座(こうざ)を開(ひら)きたいのですが。
ko.u.za.o./hi.ra.ki.ta.i.no./de.su.ga.
我想開戶。

Track 123

郵局

實用問句

これを台湾に送ってくれますか？
ko.re.o./ta.i.wa.n.ni./o.ku.tte./ku.re.ma.su.ka.
這個可以送到台灣嗎？

到着まで何日かかりますか？
to.u.cha.ku.ma.de./na.n.ni.chi./ka.ka.ri.ma.su.ka.
需要幾天才會到？

台湾まではいくらの切手を貼ればよろしいのですか？
ta.i.wa.n./ma.de.wa./i.ku.ra.no./ki.tte.o./ha.re.ba./yo.ro.shi.i.no./de.su.ka.
寄到台灣的話要貼多少錢的郵票？

道地生活短句

これをエアメールで送りたいのですが。
ko.re.o./e.a.me.e.ru.de./o.ku.ri.ta.i.no./de.su.ga.
（這個）我想寄航空郵件。

できるだけ早く着くようにお願いします。
de.ki.ru.da.ke./ha.ya.ku./tsu.ku./yo.u.ni./o.ne.ga.i./shi.ma.su.
我想要早點寄達的方式。

警局

Track 123

實用問句

こうばん
交番はどこですか？
ko.u.ba.n.wa./do.ko./de.su.ka.
哪裡有派出所？

道地生活短句

とうなんとど　ていしゅつ
盗難届けを提出したいのですが。
to.u.na.n.to.do.ke.o./te.i.shu.tsu./shi.ta.i.no./de.su.ga.
我想報失竊。

に　あ
ひき逃げに遭いました。
hi.ki.ni.ge.ni./a.i.ma.shi.ta.
我遇到肇事逃逸。

ひと　たお
人が倒れています。
hi.to.ga./ta.o.re.te./i.ma.su.
有人倒在地上。

とうなんしょうめいしょ　さくせい
盗難証明書を作成してください。
to.u.na.n.sho.u.me.i.sho.o./sa.ku.se.i./shi.te./ku.da.sa.i.
請給我失竊證明書。

遺失物品

實用問句

あれ？どこに置（お）いたっけ？
a.re./do.ko.ni./o.i.ta.kke.
咦，放到哪裡去了？

道地生活短句

財布（さいふ）を無（な）くしてしまった。
sa.i.fu.o./na.ku.shi.te./shi.ma.tta.
錢包不見了。

鍵（かぎ）を落（お）としてしまった。
ka.gi.o./o.to.shi.te./shi.ma.tta.
鑰匙不見了。

カードが盗（ぬす）まれました。
ka.a.do.ga./nu.su.ma.re.ma.shi.ta.
卡被偷了。

パスポートがなくなりました。
pa.su.po.o.to.ga./na.ku./na.ri.ma.shi.ta.
護照不見了。

求助

Track 124

實用問句

誰か中国語を話せる人はいますか？
da.re.ka./chu.u.go.ku.go.o./ha.na.se.ru.hi.to.wa./i.ma.su.ka.
有會說中文的人嗎？

道地生活短句

助けて！その人は泥棒よ！
ta.su.ke.te./so.no./hi.to.wa./do.ro.bo.u.yo.
幫幫忙，那個人是小偷。

誰か！
da.re.ka.
快來人啊。

あの人を捕まえてください！
a.no./hi.to.o./tsu.ka.ma.e.te./ku.da.sa.i.
快抓住那個人！

警察を呼んでください。
ke.i.sa.tsu.o./yo.n.de./ku.da.sa.i.
請幫忙叫警察。

公共廁所

實用問句

近(ちか)くに公衆(こうしゅう)トイレはありますか？

chi.ka.ku.ni./ko.u.shu.u.to.i.re.wa./a.ri.ma.su.ka.

這附近有公共廁所嗎？

お手洗(てあら)いはどこですか？

o.te.a.ra.i.wa./do.ko.de.su.ka.

請問洗手間在哪裡？

お手洗(てあら)いをお借(か)りできますか？

o.te.a.ra.i.o./o.ka.ri./de.ki.ma.su.ka.

可以借洗手間嗎？

道地生活短句

ちょっとお手洗(てあら)いに…。

cho.tto./o.te.a.ra.i.ni.

我去一下洗手間。

トイレに行(い)ってくる。

to.i.re.ni./i.tte./ku.ru.

我去上個廁所。

JAPAN

JAPAN

職業

實用問句

ご職業（しょくぎょう）は何（なん）ですか？

go.sho.ku.gyo.u.wa./na.n./de.su.ka.

請問你從事什麼工作？

道地生活短句

法律事務所（ほうりつじむしょ）で働（はたら）いています。

ho.u.ri.tsu./ji.mu.sho.de./ha.ta.ra.i.te./i.ma.su.

在法律事務所工作。

ネット関連（かんれん）の仕事（しごと）をしています。

ne.tto.ka.n.re.n.no./shi.go.to.o./shi.te./i.ma.su.

從事網路相關的工作。

今（いま）はフリーターです。

i.ma.wa./fu.ri.i.ta.a./de.su.

現在是打工族。

派遣（はけん）で働（はたら）いています。

ha.ke.n.de./ha.ta.ra.i.te./i.ma.su.

現在做派遣工作。

公司狀況

Track 126

實用問句

会社(かいしゃ)はどうなの？

ka.i.sha.wa./do.u./na.no.

公司怎麼樣？

道地生活短句

職場(しょくば)の雰囲気(ふんいき)はいいよ。

sho.ku.ba.no./fu.n.i.ki.wa./i.i.yo.

職場氣氛很好。

もしかしたら倒産(とうさん)するかも。

mo.shi.ka.shi.ta.ra./to.u.sa.n./su.ru./ka.mo.

說不定會倒閉。

まだ新(あたら)しい会社(かいしゃ)ですが、順調(じゅんちょう)に業績(ぎょうせき)を伸(の)ばしています。

ma.da./a.ta.ra.shi.i./ka.i.sha./de.su.ga./ju.n.cho.u.ni./gyo.u.se.ki.o./no.ba.shi.te./i.ma.su.

雖然還是新公司、但業績穩定成長中。

工作內容

實用問句

かんごし　しごとないよう
看護師ってどんな仕事内容ですか？
ka.n.go.shi.tte./do.n.na./shi.go.to./na.i.yo.u./de.su.ka.
護士的工作內容是什麼呢？

道地生活短句

いっぱんじむ
一般事務をしています。
i.ppa.n.ji.mu.o./shi.te./i.ma.su.
做普通行政工作。

じんじ　しごと　たずさ
人事の仕事に携わっています。
ji.n.ji.no./shi.go.to.ni./ta.zu.sa.wa.tte./i.ma.su.
負責人事工作。

こうほう　しごと
広報の仕事をしています。
ko.u.ho.u.no./shi.go.to.o./shi.te./i.ma.su.
從事公關工作。

とりしまりやく　つと
取締役を務めています。
to.ri.shi.ma.ri.ya.ku.o./tsu.to.me.te./i.ma.su.
擔任董事。

年資

Track 127

實用問句

今(いま)の会社(かいしゃ)ではどのくらい働(はたら)いていますか？
i.ma.no./ka.i.sha./de.wa./do.no.ku.ra.i./ha.ta.ra.i.te./i.ma.su.ka.
在現在的公司工作多久了？

道地生活短句

7月(がつ)に5年(ねん)になります。
shi.chi.ga.tsu.ni./go.ne.n.ni./na.ri.ma.su.
7月就滿5年了。

去年入社(きょねんにゅうしゃ)したばかりです。
kyo.ne.n./nyu.u.sha./shi.ta./ba.ka.ri./de.su.
去年才剛進公司。

そろそろ転職(てんしょく)しようかと。
so.ro.so.ro./te.n.sho.ku./shi.yo.u.ka.to.
覺得差不多該換工作了。

今年(ことし)で3年目(ねんめ)です。
ko.to.shi.de./sa.n.ne.n.me./de.su.
今年第3年。

Track 128

會議相關

實用問句

きょう　かいぎ　なんじ
今日の会議は何時からですか？
kyo.u.no./ka.i.gi.wa./na.n.ji./ka.ra./de.su.ka.
今天的會議是幾點開始？

かいぎ　おこな
会議はどこで行われますか？
ka.i.gi.wa./do.ko.de./o.ko.na.wa.re.ma.su.ka.
會議在哪裡舉行？

道地生活短句

きょう　かいぎ　ちゅうし
今日の会議は中止です。
kyo.u.no./ka.i.gi.wa./chu.u.shi./de.su.
今天的會議取消了。

まえ　うちあわ
前もって打合せておきましょう。
ma.e.mo.tte./u.chi.a.wa.se.te./o.ki.ma.sho.u.
事前先進行討論吧。

ごご　でんわかいぎ　さんか
午後の電話会議に参加してください。
go.go.no./de.n.wa.ka.i.gi.ni./sa.n.ka.shi.te./ku.da.sa.i.
請參加下午的電話會議。

會議內容

Track 128

實用問句

会議を始めてもよろしいですか？
ka.i.gi.o./ha.ji.me.te.mo./yo.ro.shi.i./de.su.ka.
會議可以開始了嗎？

この件に関して意見はありますか？
ko.no./ke.n.ni./ka.n.shi.te./i.ke.n.wa./a.ri.ma.su.kka.
關於這件事有什麼意見嗎？

道地生活短句

さっそく本日の議題に入ります。
sa.sso.ku./ho.n.ji.tsu.no./gi.da.i.ni./ha.i.ri.ma.su.
那麼就進入今天的議題。

会議の概略を申し上げます。
ka.i.gi.no./ga.i.rya.ku.o./mo.u.shi.a.ge.ma.su.
我來說明會議的概要。

お手元の資料をご覧ください。
o.te.mo.to.no./shi.ryo.u.o./go.ra.n./ku.da.sa.i.
請看手邊的資料。

會議結論

實用問句

結論は後日ということでいかがでしょうか？

ke.tsu.ro.n.wa./go.ji.tsu.to./i.u.ko.to.de./i.ka.ga./de.sho.u.ka.

那就改天再下結論可以嗎？

道地生活短句

会議を終える前に、ご意見をいただきたいと思いますが。

ka.i.gi.o./o.e.ru./ma.e.ni./go.i.ke.n.o./i.ta.da.ki.ta.i.to./o.mo.i.ma.su.ga.

會議結束前，希望大家能發表意見。

本件は保留といたします。

ho.n.ke.n.wa./ho.ryu.u.to./i.ta.shi.ma.su.

這個議題就先暫不討論。

以上で会議を終わります。

i.jo.u.de./ka.i.gi.o./o.wa.ri.ma.su.

會議就進行到此結束。

Track 129

評比

實用問句

彼の評判はどうですか？
ka.re.no./hyo.u.ba.n.wa./do.u./de.su.ka.
他的評價如何？

道地生活短句

彼は部下には厳しいようです。
ka.re.wa./bu.ka.ni.wa./ki.bi.shi.i./yo.u./de.su.
他似乎對部屬很嚴格。

彼はとても有能な社員です。
ka.re.wa./to.te.mo./yu.u.no.u.na./sha.i.n./de.su.
他是很有能力的員工。

勤務態度が評価の基準になります。
ki.n.mu./ta.i.do.ga./hyo.u.ka.no./ki.ju.n.ni./na.ri.ma.su.
以工作態度評比。

賃金は勤続年数に応じて上がります。
chi.n.gi.n.wa./ki.n.zo.ku.ne.n.su.u.ni./o.u.ji.te./a.ga.ri.ma.su.
薪水會依年資上調。

Track 130

預約行程

實用問句

10月(がつ)15日(にち)にアポを取(と)れないでしょうか？

ju.u.ga.tsu./ju.u.go.ni.chi.ni./a.po.o./to.re.na.i./de.sho.u.ka.

可以預約10月15日嗎？

金曜日(きんようび)はご都合(つごう)いかがですか？

ki.n.yo.u.bi.wa./go.tsu.go.u./i.ka.ga./de.su.ka.

星期五有空嗎？

予定(よてい)を延期(えんき)していただけませんか？

yo.te.i.o./e.n.ki./shi.te./i.ta.da.ke.ma.se.n.ka.

可以延期嗎？

道地生活短句

田中部長(たなかぶちょう)とお会(あ)いしたいのですが。

ta.na.ka./bu.cho.u.to./o.a.i./shi.ta.i.no./de.su.ga.

我想會見田中部長。

火曜日(かようび)に変更(へんこう)していただきたいのですが。

ka.yo.u.bi.ni./he.n.ko.u./shi.te./i.ta.da.ki.ta.i.no./de.su.ga.

我想改成星期二。

工作進度

Track 130

實用問句

進捗（しんちょく）はどうですか？
shi.n.cho.ku.wa./do.u.de.su.ka.
工作進度如何？

道地生活短句

順調（じゅんちょう）です。
ju.n.cho.u./de.su.
很順利。

少（すこ）し遅（おく）れています。
su.ko.shi./o.ku.re.te./i.ma.su.
（進度）有點落後。

もうすぐ終（お）わりそうです。
mo.u./su.gu./o.wa.ri.so.u./de.su.
快結束了。

まだしばらくかかりそうです。
ma.da./shi.ba.ra.ku./ka.ka.ri.so.u./de.su.
應該還要一些時間。

行程

實用問句

今週(こんしゅう)はお忙(いそが)しいですか？
ko.n.shu.u.wa./o.i.so.ga.shi.i./de.su.ka.
這週忙嗎？

道地生活短句

いつでも大丈夫(だいじょうぶ)です。
i.tsu.de.mo./da.i.jo.u.bu./de.su.
隨時都可以。

そちらのご都合(つごう)に合(あ)わせます。
so.chi.ra.no./go.tsu.go.u.ni./a.wa.se.ma.su.
配合你的時間。

明日(あした)は時間(じかん)が取(と)れません。
a.shi.ta.wa./ji.ka.n.ga./to.re.ma.se.n.
明天挪不出時間。

金曜日(きんようび)にオフィスでお会(あ)いしましょう。
ki.n.yo.u.bi.ni./o.fi.su.de./o.a.i./shi.ma.sho.u.
星期五在辦公室見吧。

休假

Track 131

實用問句

休暇はどのようになっているのでしょうか？

kyu.u.ka.wa./do.no.yo.u.ni./na.tte./i.ru.no./de.sho.u.ka.

休假制度如何呢？

道地生活短句

お昼休みの時間だ。

o.hi.ru.ya.su.mi.no./ji.ka.n.da.

午休時間了。

夏には1週間ほど休暇を取ります。

na.tsu.ni.wa./i.sshu.u.ka.n./ho.do./kyu.u.ka.o./to.ri.ma.su.

夏天會休 1 星期左右的假。

20日間の有給休暇がとれます。

ni.ju.u.ni.chi.ka.n.no./yu.u.kyu.u./kyu.u.ka.ga./to.re.ma.su.

可以有 20 天左右的特休。

長い休暇をとれそうにありません。

na.ga.i./kyu.u.ka.o./to.re.so.u.ni./a.ri.ma.se.n.

不太能請長假。

Track 132

加班

實用問句

休日出勤ですか？
kyu.u.ji.tsu./shu.kki.n.de.su.ka.
假日也要去上班嗎？

道地生活短句

今日も残業なの。
kyo.u.mo./za.n.gyo.u./na.no.
今天也要加班。

明日までの締め切りがあって…。
a.shi.ta./ma.de.no./shi.me.ki.ri.ga./a.tte.
明天是截止日。

今日残業しなきゃいけない。
kyo.u./za.n.gyo.u.shi.na.kya./i.ke.na.i.
今天一定要加班。

昨日残業しました。
ki.no.u./za.n.gyo.u./shi.ma.shi.ta.
昨天加班了。

請假

Track 132

實用問句

あさ　ちょうし　わる　やす
朝から調子が悪くて、休ませていただけませんか？

a.sa./ka.ra./cho.u.shi.ga./wa.ru.ku.te./ya.su.ma.se.te./i.ta.da.ke.ma.se.n.ka.

從早上身體就不舒服，可以請假嗎？

きんようび　やす
金曜日お休みいただけますか？

ki.n.yo.u.bi./o.ya.su.mi./i.ta.da.ke./ma.su.ka.

星期五可以請假嗎？

道地生活短句

かれ　びょうけつ
彼は病欠です。

ka.re.wa./byo.u.ke.tsu./de.su.

他請病假。

かれ　ほんじつ　やす
彼は本日お休みをいただいております。

ka.re.wa./ho.n.ji.tsu./o.ya.su.mi.o./i.ta.da.i.te./o.ri.ma.su.

他今天休假。

あした　やす
明日休ませていただきたいのですが。

a.shi.ta./ya.su.ma.se.te./i.ta.da.ki.ta.i.no./de.su.ga.

明天想請假。

Track 133

升職

實用問句

しょうしん　　　　き
昇進はどのように決まりますか？

sho.u.shi.n.wa./do.no.yo.u.ni./ki.ma.ri.ma.su.ka.

升職是怎麼決定的？

道地生活短句

きんぞくねんすう　　　だんかいてき　しょうしん
勤続年数によって段階的に昇進します。

ki.n.zo.ku./ne.n.su.u.ni./yo.tte./da.n.ka.i.te.ki.ni./sho.u.shi.n./shi.ma.su.

依年資分階段升職。

ぶちょう　しょうしん
部長に昇進しました。

bu.sho.u.ni./sho.u.shi.n./shi.ma.shi.ta.

升上部長。

きゅうよ　　かんりしょく　　しょうかく
給与のよい管理職への昇格のために、
いっしょうけんめいはたら
一生懸命働いています。

kyu.u.yo.no./yo.i./ka.n.ri.sho.ku.e.no./sho.u.ka.ku.no./ta.me.ni./i.ssho.u.ke.n.me.i./ha.ta.ra.i.te./i.ma.su.

為了升到待遇佳的管理職，很努力工作。

職務異動

Track 133

實用問句

いどう　き
異動が決まったのですか？
i.do.u.ga./ki.ma.tta.no./de.su.ka.
職務異動確定了嗎？

道地生活短句

らいげつ　てんきん
来月からフランスに転勤することになりました。
ra.i.ge.tsu./ka.ra./fu.ra.n.su.ni./te.n.ki.n./su.ru./ko.to.ni./na.ri.ma.shi.ta.
下個月調職到法國。

ぶしょ　いどう
部署が異動になりました。
bu.sho.ga./i.do.u.ni./na.ri.ma.shi.ta.
所屬部門換了。

きぼう　だ
アメリカへの希望を出しています。
a.me.ri.ka.e.no./ki.bo.u.o./da.shi.te./i.ma.su.
申請調往美國。

退職

實用問句

あと何年(なんねん)で定年(ていねん)ですか？
a.to./na.n.ne.n.de./te.i.ne.n./de.su.ka.
還有幾年退休？

道地生活短句

私(わたし)たちは母(はは)の定年退職(ていねんたいしょく)をお祝(いわ)いするためにパーティーを開(ひら)きました。
wa.ta.shi.ta.chi.wa./ha.ha.no./te.i.ne.n.ta.i.sho.ku.o./o.i.wa.i./su.ru.ta.me.ni./pa.a.ti.i.o./hi.ra.ki.ma.shi.ta
我們為了慶祝母親退休，辦了派對。

定年退職(ていねんたいしょく)の年齢(ねんれい)は60歳(さい)です。
te.i.ne.n.ta.i.sho.ku.no./ne.n.re.i.wa./ro.ku.ju.u.sa.i./de.su.
退休的年齡是60歲。

リストラされる人(ひと)も少(すく)なくありません。
ri.su.to.ra./sa.re.ru./hi.to.mo./su.ku.na.ku./a.ri.ma.se.n.
被裁員的人也不少。

最近(さいきん)は転職(てんしょく)する人(ひと)も増(ふ)えました。
sa.i.ki.n.wa./te.n.sho.ku./su.ru./hi.to.mo./fu.e.ma.shi.ta.
最近換工作的人也增加了。

求職

Track 134

實用問句

採用(さいよう)の条件(じょうけん)は何(なん)ですか？
sa.i.yo.u.no./jo.u.ke.n.wa./na.n./de.su.ka.
任用的條件是什麼？

道地生活短句

ここへの就職(しゅうしょく)を希望(きぼう)しています。
ko.ko.e.no./shu.sho.ku.o./ki.bo.u./shi.te./i.ma.su.
想要在這間公司工作。

バイトに応募(おうぼ)したいのですが。
ba.i.to.ni./o.u.bo./shi.ta.i.no./de.su.ga.
想要應徵打工。

面接(めんせつ)の機会(きかい)をいただきたいのですが。
me.n.se.tsu.no./ki.ka.i.o./i.ta.da.ki.ta.i.no./de.su.ga.
想要有面試的機會。

履歴書(りれきしょ)を持(も)ってきました。
ri.re.ki.sho.o./mo.tte./ki.ma.shi.ta.
我帶了履歷書來。

介紹商品

實用問句

プレゼンの機会(きかい)をいただけませんか？

pu.re.ze.n.no./ki.ka.i.o./i.ta.da.ke.ma.se.n.ka.

可以給我介紹（商品）的機會嗎？

カタログを送(おく)らせていただけませんか？

ka.ta.ro.gu.o./o.ku.ra.se.te./i.ta.da.ke.ma.se.n.ka.

我可以寄目錄去嗎？

道地生活短句

特徴(とくちょう)を説明(せつめい)させてください。

to.ku.cho.u.o./se.tsu.me.i./sa.se.te./ku.da.sa.i.

請由我説明（商品）特色。

お客(きゃく)さまのニーズにピッタリだと思(おも)います。

o.kya.kku.sa.ma.no./ni.i.zu.ni./pi.tta.ri.da.to./o.mo.i.ma.su.

完全符合客人的需求。

ご質問(しつもん)がありましたら、お知(し)らせください。

go.shi.tsu.mo.n.ga./a.ri.ma.shi.ta.ra./o.shi.ra.se./ku.da.sa.i.

有疑問的話，請告知。

購買商品

Track 135

實用問句

すこ　かんが
もう少し考えさせていただけますか？
mo.u./su.ko.shi./ka.n.ga.e.sa.se.te./i.ta.da.ke.ma.su.ka.
可以讓我考慮一下嗎？

よう い
すぐ用意できますか？
su.gu./yo.u.i./de.ki.ma.su.ka.
可以馬上準備好嗎？

道地生活短句

けいやくないよう　かくにん
契約内容を確認させてください。
ke.i.ya.ku.na.i.yo.u.o./ka.ku.ni.n./sa.se.te./ku.da.sa.i.
請讓我確認合約內容。

まえ む　けんとう
前向きに検討させていただきます。
ma.e.mu.ki.ni./ke.n.to.u./sa.se.te./i.ta.da.ki.ma.su.
我們會積極考慮。

のうひん び　すこ　はや
納品日を少し早めていただきたいのですが。
no.u.hi.n.bi.o./su.ko.shi./ha.ya.me.te./i.ta.da.ki.ta.i.no./de.su.ga.
我希望進貨日能提早。

Track 136

預算

實用問句

見積書(みつもりしょ)を見(み)せていただけますか？
mi.tsu.mo.ri.sho.o./mi.se.te./i.ta.da.ke.ma.su.ka.
可以讓我看估價單嗎？

道地生活短句

予算(よさん)を少(すこ)しオーバーしています。
yo.sa.n.o./su.ko.shi./o.o.ba.a./shi.te./i.ma.su.
有點超出預算。

これが弊社(へいしゃ)の提供(ていきょう)できる精一杯(せいいっぱい)の価格(かかく)です。
ko.re.ga./he.i.sha.no./te.i.kyo.u./de.ki.ru./se.i.i.ppa.i.no./ka.ka.ku./de.su.
這是敝公司能提供最好的價格了。

予算(よさん)が厳(きび)しいです。
yo.sa.n.ga./ki.bi.shi.i./de.su.
預算很少。

交易條件

Track 136

實用問句

そちらの条件（じょうけん）はどうなっていますか？
so.chi.ra.no./jo.u.ke.n.wa./do.u./na.tte./i.ma.su.ka.
貴公司所需的條件如何呢？

期日指定（きじつしてい）はございますか？
ki.ji.tsu./shi.te.i.wa./go.za.i.ma.su.ka.
有指定的日期嗎？

道地生活短句

今週中（こんしゅうちゅう）にご決断（けつだん）いただけると助（たす）かります。
ko.n.shu.u.chu.u.ni./go.ke.tsu.da.n./i.ta.da.ke.ru.to./ta.su.ka.ri.ma.su.
希望您能在本週內決定。

ご提示（ていじ）の条件（じょうけん）は了解（りょうかい）しました。
go.te.i.ji.no./jo.u.ke.n.wa./ryo.u.ka.i./shi.ma.shi.ta.
你提的條件我已經了解。

この条件（じょうけん）は受（う）け入（い）れられません。
ko.no./jo.u.ke.n.wa./u.ke.i.re.ra.re.ma.se.n.
無法接受這個條件。

業務問題

實用問句

返品は可能ですか？（へんぴん、かのう）
he.n.pi.n.wa./ka.no.u./de.su.ka.
可以退貨嗎？

道地生活短句

見積もりと違っています。（みつ、ちが）
mi.tsu.mo.ri.to./chi.ga.tte./i.ma.su.
和估價不同。

注文したものと違っていました。（ちゅうもん、ちが）
chu.u.mo.n./shi.ta./mo.no.to./chi.ga.tte./i.ma.shi.ta.
和訂的東西不同。

注文した商品がまだ届かないのですが。（ちゅうもん、しょうひん、とど）
chu.u.mo.n./shi.ta./sho.u.hi.n.ga./ma.da./to.do.ka.na.i.no./de.su.ga.
訂的商品還沒到。

不良品が納品されました。（ふりょうひん、のうひん）
fu.ryo.u.hi.n.ga./no.u.hi.n./sa.re.ma.shi.ta.
進貨裡有瑕疵品。

學校

Track 137

實用問句

どちらの大学（だいがく）ですか？
do.chi.ra.no./da.i.ga.ku./de.su.ka.
念哪間大學？

道地生活短句

名古屋大学（なごやだいがく）で勉強（べんきょう）しています。
na.go.ya./da.i.ga.ku.de./be.n.kyo.u.shi.te./i.ma.su.
在名古屋大學念書。

大学生（だいがくせい）です。
da.i.ga.ku.se.i.de.su.
我是大學生。

高校生（こうこうせい）です。
ko.u.ko.u.se.i.de.su.
我是高中生。

中学生（ちゅうがくせい）です。
chu.u.ga.ku.se.i.de.su.
我是國中生。

Track 138

年級

實用問句

なんねんせい
何年生ですか？
na.n.ne.n.se.i./de.su.ka.
幾年級？

道地生活短句

だいがく　ねんせい
大学3年生です。
da.i.ga.ku./sa.n.ne.n.se.i./de.su.
大學3年級。

そつぎょう
卒業したばかりです。
so.tsu.gyo.u./shi.ta./ba.ka.ri./de.su.
才剛畢業。

こうこう　ねんせい
高校3年生です。
ko.u.ko.u./sa.n.ne.n.se.i./de.su.
高中3年級。

ちゅう
中3です。
chu.u.sa.n./de.su.
國中3年級。

主修

Track 138

實用問句

専門（せんもん）は何（なん）でしょうか？
se.n.mo.n.wa./na.n./de.sho.u.ka.
主修什麼呢？

道地生活短句

経済学（けいざいがく）を専攻（せんこう）しています。
ke.i.za.i.ga.ku.o./se.n.ko.u./shi.te./i.ma.su.
主修經濟學。

専門（せんもん）は日本文学（にほんぶんがく）と世界史（せかいし）です。
se.n.mo.n.wa./ni.ho.n.bu.n.ga.ku.to./se.ka.i.shi./de.su.
主修日本文學和世界史。

専攻（せんこう）は文学（ぶんがく）です。
se.n.ko.u.wa./bu.n.ga.ku./de.su.
我主修文學。

学部（がくぶ）は工学部（こうがくぶ）です。
ga.ku.bu.wa./ko.u.ga.ku.bu./de.su.
我念的是工學院。

Track 139

上課

實用問句

あの先生(せんせい)の授業(じゅぎょう)はどうだった？

a.no./se.n.se.i.no./ju.gyo.u.wa./do.u./da.tta.

那個老師的課如何？

道地生活短句

1時間目(じかんめ)、サボっちゃった。

i.chi.ji.ka.n.me./sa.bo.ccha.tta.

我第1堂課翹課。

あの授業(じゅぎょう)はとても面白(おもしろ)い。

a.no.ju.gyo.u.wa./to.te.mo./o.mo.shi.ro.i.

那堂課很有趣。

あの授業(じゅぎょう)はとても退屈(たいくつ)だよ。

a.no.ju.gyo.u.wa./to.te.mo./ta.i.ku.tsu.da.yo.

那堂課很無聊。

授業(じゅぎょう)が始(はじ)まったよ。

ju.gyo.u.ga./ha.ji.ma.tta.yo.

開始上課囉。

作業

Track 139

實用問句

宿題（しゅくだい）をやってきましたか？
shu.ku.da.i.o./ya.tte.ki.ma.shi.ta.ka.
作業寫了嗎？

これ、いつまでですか？
ko.re./i.tsu.ma.de.de.su.ka.
期限是什麼時候？

道地生活短句

しまった。宿題（しゅくだい）を家（いえ）に忘（わす）れちゃった。
shi.ma.tta./shu.ku.da.i.o./i.e.ni.wa.su.re.cha.tta.
糟了！我把功課放在家裡了。

夏休（なつやす）みの宿題（しゅくだい）はまだやってない。
na.tsu.ya.su.mi.no./shu.ku.da.i.wa./ma.da./ya.tte.na.i.
還沒暑假作業。

今日（きょう）の宿題（しゅくだい）は難（むずか）しかった。
kyo.u.no./shu.ku.da.i.wa./mu.zu.ka.shi.ka.tta.
今天的作業好難。

考試

實用問句

試験(しけん)に出(で)る範囲(はんい)はどこですか？

shi.ke.n.ni./de.ru.ha.n.i.wa./do.ko.de.su.ka.

考試範圍是哪些？

試験勉強(しけんべんきょう)した？

shi.ke.n.be.n.kyo.u.shi.ta.

考試準備了沒？

道地生活短句

昨日(きのう)のテスト、意外(いがい)と易(やさ)しかった。

ki.no.u.no./te.su.to./i.ga.i.to./ya.sa.shi.ka.tta.

昨天的考試意外地簡單。

明日(あした)はテストだ。勉強(べんきょう)しなくちゃ。

a.shi.ta.wa.te.su.to.da./be.n.kyo.u.shi.na.ku.cha.

明天就是考試了，不用功不行。

ひどい点数(てんすう)をとってしまった。

hi.do.i./te.n.su.u.o./to.tte./shi.ma.tta.

分數低得離譜。

畢業

Track 140

實用問句

大学(だいがく)を卒業(そつぎょう)したのはいつですか？
da.i.ga.ku.o./so.tsu.gyo.u./shi.ta./no.wa./i.tsu./de.su.ka.
大學是什麼時候畢業的？

いつ卒業(そつぎょう)しますか？
i.tsu./so.tsu.gyo.u./shi.ma.su.ka.
預計什麼時候畢業呢？

卒業(そつぎょう)まであと何年(なんねん)かかりますか？
so.tsu.gyo.u./ma.de./a.to./na.n.ne.n./ka.ka.ri.ma.su.ka.
還有幾年畢業呢？

道地生活短句

卒業(そつぎょう)おめでとう。
so.tsu.gyo.u./o.me.de.to.u.
恭喜畢業。

来年(らいねん)3月(がつ)に卒業(そつぎょう)の予定(よてい)です。
ra.i.ne.n./sa.n.ga.tsu.ni./so.tsu.gyo.u.no./yo.te.i./de.su.
預計明年3月畢業。

學歴

實用問句

さいしゅうがくれき　なん
最終学歴は何ですか？
sa.i.shu.u.ga.ku.re.ki.wa./na.n./de.su.ka.
最高學歷是什麼？

道地生活短句

だいそつ
大卒です。
da.i.so.tsu./de.su.
大學畢業。

こうがく　しゅうしごう　と
工学の修士号を取りました。
ko.u.ga.ku.no./shu.u.shi.go.u.o./to.ri.ma.shi.ta.
有工學碩士學位。

だいがくいんそつ
アメリカの大学院卒です。
a.me.ri.ka.no./da.i.ga.ku.i.n.so.tsu./de.su.
美國的研究所畢業。

さいしゅうがくれき　たんだいそつ
最終学歴が短大卒です。
sa.i.shu.u.ga.ku.re.ki.ga./ta.n.da.i.so.tsu./de.su.
最高學歷是 2 年制大學畢業。

證照技能

Track 141

實用問句

ほかにどんな技能(ぎのう)をお持(も)ちですか？
ho.ka.ni./do.n.na./gi.no.u.o./o.mo.chi./de.su.ka.
其他還有什麼技能？

道地生活短句

ドイツ語(ご)が流暢(りゅうちょう)に話(はな)せます。
do.i.tsu.go.ga./ryu.u.cho.u.ni./ha.na.se.ma.su.
會説流俐的德文。

教諭免許(きょうゆめんきょ)の資格(しかく)があります。
kyo.u.yu.me.n.kyo.no./shi.ka.ku.ga./a.ri.ma.su.
擁有教師證。

先日(せんじつ)看護師(かんごし)の資格(しかく)をとりました。
se.n.ji.tsu./ka.n.go.shi.no./shi.ka.ku.o./to.ri.ma.shi.ta.
前陣子拿到了護士資格。

資格(しかく)を取(と)るために勉強(べんきょう)しています。
shi.ka.ku.o./to.ru./ta.me.ni./be.n.kyo.u./shi.te.i.ma.su.
為了資格考試，正在努力。

Track 142

日語學習

實用問句

この表現は自然ですか？
ko.no.hyo.u.ge.n.wa./shi.ze.n.de.su.ka.
這種説法道地嗎？

RABBITって日本語でなんて言うんですか？
rabbit.tte.ni.ho.n.go.de./na.n.te./i.u.n.de.su.ka.
RABBIT的日文怎麼説？

素人ってどういう意味ですか？
shi.ro.u.to.tte./do.u.i.u.i.mi.de.su.ka.
「素人」是什麼意思？

チェックしてもらえますか？
che.kku./shi.te./mo.ra.e.ma.su.ka.
可以幫我檢查一下嗎？

道地生活短句

もし日本語が間違っていたら、その都度教えてください
mo.shi.ni.ho.n.go.ga./ma.chi.ga.tte.i.ta.ra./so.no.tsu.do./o.shi.e.te./ku.da.sa.i.
如果我日語錯了的時候，請你告訴我。

JAPAN

Track 143

著名景點

實用問句

おすすめのスポットとか、ありますか？

o.su.su.me.no./su.po.tto.to.ka./a.ri.ma.su.ka.
有沒有什麼推薦的景點？

どこが人気(にんき)ですか？

do.ko.ga./ni.n.ki.de.su.ka.
哪裡最有人氣？

道地生活短句

左手(ひだりて)を見(み)てください。あれがスカイツリーです。

hi.da.ri.te.o./mi.te.ku.da.sa.i./a.re.ga./su.ka.i.tsu.ri.i.de.su.
看左手邊，那是晴空塔。

夜市(よいち)は行(い)ってみる価値(かち)がありますよ。

yo.i.chi.wa./i.tte.mi.ru.ka.chi.ga./a.ri.ma.su.yo.
夜市值得去看看。

いいところを知(し)っていますよ。

i.i.to.ko.ro.o./shi.tte.i.ma.su.yo.
我知道不錯的地方。

溫泉

Track 143

實用問句

おんせんち
おすすめの温泉地ありますか？
o.su.su.me.no./o.n.se.n.chi./a.ri.ma.su.ka.
有推薦的溫泉嗎？

道地生活短句

はこね　おんせん
箱根といえば、温泉ですね。
ha.ko.ne.to./i.e.ba./o.n.se.n./de.su.ne.
提到箱根，就想到溫泉。

しぜん　けしき　たの　ろてんぶろ　にんき
自然の景色を楽しめる露天風呂が人気です。
shi.ze.n.no./ke.shi.ki.o./ta.no.shi.me.ru./ro.te.n.bu.ro.ga./ni.n.ki./de.su.
能欣賞自然景色的戶外溫泉很受歡迎。

かいがい　はだか　おんせん　はい　しゅうかん
海外では裸で温泉に入る習慣がないです。
ka.i.ga.i./de.wa./ha.da.ka.de./o.n.se.n.ni./ha.i.ru./shu.u.ka.n.ga./na.i./de.su.
國外沒有裸體泡溫泉的習慣。

あつ　ゆ　からだ　あたた
熱いお湯につかって体を温めます。
a.tsu.i./o.yu.ni./tsu.ka.tte./ka.ra.da.o./a.ta.ta.me.ma.su.
泡在溫泉裡暖暖身子。

當地美食

實用問句

美味しい地元料理が食べられるお店はどこですか？

o.i.shi.i./ji.mo.to.ryo.u.ri.ga./ta.be.ra.re.ru./o.mi.se.wa./do.ko.de.su.ka.

有沒有能吃到美味當地料理的餐廳？

北海道のイチゴを食べてみませんか？

ho.kka.i.do.u.no./i.chi.go.o./ta.be.te./mi.ma.se.n.ka.

要不要嚐看看北海道的草莓。

道地生活短句

もし台湾料理が好きなら、このお店がおすすめですよ。

mo.shi./ta.i.wa.n.ryo.u.ri.ga./su.ki.na.ra./ko.no.o.mi.se.ga./o.su.su.me.de.su.yo.

如果你喜歡吃台灣菜，那我推薦這家店。

カキフライはここの名物です。

ka.ki.fu.ra.i.wa./ko.ko.no./me.i.bu.tsu./de.su.

炸牡蠣是這裡的著名料理。

訂房

Track 144

實用問句

予約していないのですが泊まれますか？
yo.ya.ku./shi.te./i.na.i.no./de.su.ga./to.ma.re.ma.su.ka.
我沒有預約，有空房嗎？

部屋は空いていますか？
he.ya.wa./a.i.te.i.ma.su.ka.
有空房嗎？

1泊5000円以下のホテルはありますか？
i.ppa.ku./go.se.n.e.n.i.ka.no.ho.te.ru.wa./a.ri.ma.su.ka.
有1晚5000日圓以下的飯店嗎？

もっと安い部屋はありませんか？
mo.tto./ya.su.i.he.ya.wa./a.ri.ma.se.n.ka.
有便宜一點的房間嗎？

道地生活短句

シングルルームをお願いします。
shi.n.gu.ru.ru.u.mu.o./o.ne.ga.i.shi.ma.su.
我要單人房。

Track 145

登記住房

實用問句

料金(りょうきん)は前払(まえばら)いですか？

ryo.u.ki.n.wa./ma.e.ba.ra.i./de.su.ka.

住宿費是先付嗎？

道地生活短句

チェックインしたいのですが。

che.kku.i.n.shi.ta.i.no.de.su.ga.

我想登記住房。

……………………………………………

チェックインをお願(ねが)いします。名前(なまえ)は田中一郎(たなかいちろう)です。

che.kku.i.n.o./o.ne.ga.i.shi.ma.su./na.ma.e.wa./ta.na.ka./i.chi.ro.u./de.su.

我要登記住房。名字是田中一郎。

……………………………………………

友達(ともだち)が後(あと)から来(き)ますので、着(つ)いたら部屋(へや)に電話(でんわ)をください。

to.mo.da.chi.ga./a.to.ka.ra./ki.ma.su./no.de./tsu.i.ta.ra./he.ya.ni./de.n.wa.o./ku.da.sa.i.

我朋友晚點到，他到了的話請打電話到房間通知我。

住宿要求

Track 145

實用問句

ツインルームはありますか？
tu.i.n.ru.u.mu.wa./a.ri.ma.su.ka.
有雙人房（雙床房）嗎？

道地生活短句

うえ　ほう　かい　へや　ねが
上の方の階の部屋をお願いします。
u.e.no./ho.u.no./ka.i.no./he.ya.o./o.ne.ga.i./shi.ma.su.
請給我高樓層的房間。

きつえんべや
喫煙部屋ください。
ki.tsu.e.n.be.a./ku.da.sa.i.
請給我吸菸房。

きんえん　かい
禁煙の階にしてください。
ki.n.e.n.no./ka.i.ni./shi.te./ku.da.sa.i.
我要禁菸的樓層。

すこ　おお　へや　か
もう少し大きい部屋に変えてください。
mo.u./su.ko.shi./o.o.ki.i./he.ya.ni./ka.e.te./ku.da.sa.i.
請幫我換大一點的房間。

飯店設施

實用問句

レストランはどこですか？
re.su.to.ra.n.wa./do.ko.de.su.ka.
請問餐廳在哪裡？

かしつき　も
加湿器を持ってきていただけますか？
ka.shi.tsu.ki.o./mo.tte./ki.te./i.ta.da.ke.ma.su.ka.
可以拿加濕器來嗎？

むせん らん
無線 LAN はありますか？
mu.se.n.ra.n.wa./a.ri.ma.su.ka.
有無線網路嗎？

道地生活短句

へや　そうじ
部屋を掃除してください。
he.ya.o./so.u.ji.shi.te./ku.da.sa.i.
請打掃房間。

つか
コインランドリーを使いたいのですが。
ko.i.n.ra.n.do.ri.i.o./tsu.ka.i.ta.i.no./de.su.ga.
我想用投幣式洗衣機。

客房問題

Track 146

實用問句

何分(なんぶん)ぐらいかかりますか？
na.n.bu.n.gu.ra.i./ka.ka.ri.ma.su.ka.
需要多久時間（才會送到）呢？

道地生活短句

暖房(だんぼう)が故障(こしょう)しています。
da.n.bo.u.ga./ko.sho.u.shi.te./i.ma.su.
暖氣壞了。

電気(でんき)がつきません。
de.n.ki.ga./tsu.ki.ma.se.n.
燈打不開。

シャワーからお湯(ゆ)が出(で)ません。
sha.wa.a.ka.ra./o.yu.ga.de.ma.se.n.
浴室沒有熱水。

トイレが詰(つ)まっちゃったみたいです。
to.i.re.ga./tsu.ma.ccha.tta.mi.ta.i.de.su.
馬桶堵住了。

退房

實用問句

遅(おそ)めのチェックアウトをお願(ねが)いできますか？
o.so.me.no./che.kku.a.u.to.o./o.ne.ga.i.de.ki.ma.su.ka.
我可以晚點退房嗎？

道地生活短句

チェックアウトをお願(ねが)いします。
che.kku.a.u.to.o./o.ne.ga.i.shi.ma.su.
我要退房。

予定(よてい)よりも1日早(にちはや)くチェックアウトしたいのですが。
yo.te.i.yo.ri.mo./i.chi.ni.chi.ha.ya.ku./che.kku.a.u.to.shi.ta.i.no.de.su.ga.
我想提早一天退房。

部屋(へや)に忘(わす)れ物(もの)をしたのですが。
he.ya.ni./wa.su.re.mo.no.o./shi.ta.no.de.su.ga.
我把東西忘在房間了。

荷物(にもつ)を預(あず)かっていただきたいのですが。
ni.mo.tsu.o./a.zu.ka.tte./i.ta.da.ki.ta.i.no.de.su.ga.
我想寄放行李。

入境

Track 147

實用問句

申告（しんこく）するものはありますか？
shi.n.ko.ku.su.ru.mo.no.wa./a.ri.ma.su.ka.
有要申報的東西嗎？

入国（にゅうこく）の目的（もくてき）は何（なん）ですか？
nyu.u.ko.ku.no./mo.ku.te.ki.wa./na.n.de.su.ka.
入境的目的是什麼？

道地生活短句

観光（かんこう）です。
ka.n.ko.u.de.su.
來觀光。

申告（しんこく）するものはありません。
shi.n.ko.ku.su.ru.mo.no.wa./a.ri.ma.se.n.
沒有需要申報的。

申告書（しんこくしょ）はこれです。
shi.n.ko.ku.sho.wa./ko.re.de.su.
這是申報書。

遊客中心

實用問句

かんこうあんないじょ
観光案内所はどこですか？

ka.n.ko.u.a.n.na.i.jo.wa./do.ko./de.su.ka.

遊客中心在哪裡？

かんこうあんない
観光案内はありますか？

ka.n.ko.u.a.n.na.i.wa./a.ri.ma.su.ka.

有這個城市的觀光簡介嗎？

ちず
地図はありますか？

chi.zu.wa./a.ri.ma.su.ka.

有地圖嗎？

まち　まわ　なに　いちばん　ほうほう
街を回るには、何が一番いい方法でしょうか？

ma.chi.o./ma.wa.ru./ni.wa./na.ni.ga./i.chi.ba.n./i.i./ho.u.ho.u./de.sho.u.ka.

逛這個城市要用什麼方式比較適合？

道地生活短句

ちゅうごくご
中国語のパンフレットをください。

chu.u.go.ku.go.no./pa.n.fu.re.tto.o./ku.da.sa.i.

請給我中文的簡介。

團體行程

Track 148

實用問句

市内観光(しないかんこう)ツアーはありますか？
shi.na.i.ka.n.ko.u./tsu.a.a.wa./a.ri.ma.su.ka.
有市區觀光團嗎？

3時間(じかん)ぐらいのツアーはありますか？
sa.n.ji.ka.n./gu.ra.i.no./tsu.a.a.wa./a.ri.ma.su.ka.
有大約3小時左右的行程嗎？

1人(ひとり)でも参加(さんか)できますか？
hi.to.ri.de.mo./sa.n.ka./de.ki.ma.su.ka.
1個人也能參加嗎？

どこに集合(しゅうごう)すればいいですか？
do.ko.ni./shu.u.go.u./su.re.ba./i.i./de.su.ka.
在哪裡集合？

道地生活短句

次(つぎ)のガイド付(つ)きツアーに参加(さんか)したいのですが。
tsu.gi.no./ga.i.do./tsu.ki./tsu.a.a.ni./sa.n.ka./shi.ta.i.no./de.su.ga.
我想參加下一個有導遊的觀光行程。

Track 149

拍照

實用問句

写真、撮りましょうか？
sha.shi.n./to.ri.ma.sho.u.ka.
我幫你拍照吧？

ここで写真を撮ってもいいですか？
ko.ko.de./sha.shi.n.o./to.tte.mo./i.i.de.su.ka.
這裡可以拍照嗎？

写真を撮ってくれませんか？
sha.shi.n.o./to.tte./ku.re.ma.se.n.ka.
可以幫我拍照嗎？

道地生活短句

フラッシュは禁止です。
fu.ra.sshu.wa./ki.n.shi.de.su.
禁用閃光燈。

一緒に写真に入ってください。
i.ssho.ni./sha.shi.n.ni./ha.i.tte./ku.da.sa.i.
一起入鏡吧。

匯兌

Track 149

實用問句

外貨の両替はどこでできますか？

ga.i.ka.no.ryo.u.ga.e.wa./do.ko.de.de.ki.ma.su.ka.

哪裡可以換外幣？

ここで外貨を両替できますか？

ko.ko.de./ga.i.ka.o./ryo.u.ga.e./de.ki.ma.su.ka.

這裡可以換外幣嗎？

どのように換えますか？

do.no.yo.u.ni./ka.e.ma.su.ka.

（鈔票面額等）要怎麼換呢？

道地生活短句

台湾ドルを日本円に両替してください。

ta.i.wa.n.do.ru.o./ni.ho.n.e.n.ni./ryo.u.ga.e.shi.te./ku.da.sa.i.

請幫我把台幣換成日圓。

千円札20枚ください。

se.n.e.n.sa.tsu/ni.ju.u.ma.i./ku.da.sa.i.

請給我20張千元鈔。

找翻譯

實用問句

英語を話すガイドを頼めますか？

e.i.go.o./ha.na.su./ga.i.do.o./ta.no.me.ma.su.ka.

可以請說英文的導遊嗎？

英語を話せる人はいますか？

e.i.go.o./ha.na.se.ru./hi.to.wa./i.ma.su.ka.

有會說英文的人嗎？

ゆっくり話していただけませんか？

yu.kku.ri./ha.na.shi.te./i.ta.da.ke.ma.se.n.ka.

可以請你說慢一點嗎？

ここに書いてくださいませんか？

ko.ko.ni./ka.i.te./ku.da.sa.i.ma.se.n.ka.

可以請你寫在這裡嗎？

道地生活短句

日本語がわからないんです、ごめんなさい。

ni.ho.n.go.ga./wa.ka.ra.na.i.n./de.su./go.me.n.na.sa.i.

我不會說日文，對不起。

接待遊客

Track 150

實用問句

伝統料理を食べてみたいですか？
de.n.to.u.ryo.u.ri.o./ta.be.te./mi.ta.i./de.su.ka.
想吃吃看傳統料理嗎？

どこか行きたいところはありますか？
do.ko.ka./i.ki.ta.i./to.ko.ro.wa./a.ri.ma.su.ka.
有想去的地方嗎？

少し疲れましたか？
su.ko.shi./tsu.ka.re.ma.shi.ta.ka.
累了嗎？

道地生活短句

ようこそ。
yo.u.ko.so.
歡迎。

私が案内します。
wa.ta.shi.ga./a.n.na.i./shi.ma.su.
我來當嚮導。／我來介紹。

伴手禮

實用問句

みやげ　か
どんなお土産を買いたいですか？
do.n.na./o.mi.ya.ge.o./ka.i.ta.i./de.su.ka.
想買什麼樣的伴手禮？

みやげ　にんき
どのお土産が人気ですか？
do.no./o.mi.ya.ge.ga./ni.n.ki.de.su.ka.
哪個伴手禮最受歡迎？

みやげ
このお土産はどうですか？
ko.no.o.mi.ya.ge.wa./do.u.de.su.ka.
這個伴手禮怎麼樣？

道地生活短句

みやげ　み
お土産を見てみたいのですが。
o.mi.ya.ge.o./mi.te.mi.ta.i.no.de.su.ga.
我想買點伴手禮。

みやげ　か
お土産、買わなくていいですか？
o.mi.ya.ge./ka.wa.na.ku.te./i.i.de.su.ka.
不買伴手禮嗎？

郵寄貨品

Track 151

實用問句

ホテルまで配達(はいたつ)してもらえますか？
ho.te.ru.ma.de./ha.i.ta.tsu.shi.te./mo.ra.e.ma.su.ka.
可以幫我送到飯店嗎？

道地生活短句

郵送用(ゆうそうよう)に梱包(こんぽう)してください。
yu.u.so.u.yo.u.ni./ko.n.po.u.shi.te./ku.da.sa.i.
請幫我包成方便郵寄的包裹。

宅急便(たっきゅうびん)で送(おく)ってください。
これを宅急便で送ってください。
ko.re.o./ta.kkyu.u.bi.n.de./o.ku.tte.ku.da.sa.i.
請用宅配寄送。

着払(ちゃくばら)いで送(おく)れますか？
cha.ku.ba.ra.i.de./o.ku.re.ma.su.ka.
可以貨到付款嗎？

元払(もとばら)いの宅配便(たくはいびん)の伝票(でんぴょう)をください。
mo.to.ba.ra.i.no./ta.ku.ha.i.bi.n.no./de.n.pyo.u.o./ku.da.sa.i.
請給我寄件人付款的宅配寄件單。

日式旅館

實用問句

ゆうはん　なんじ
夕飯は何時ですか？

yu.u.ha.n.wa./na.n.ji./de.su.ka.

晚餐是幾點？

しょくどう
食堂はどこですか？

sho.ku.do.u.wa./do.ko./de.su.ka.

餐廳在哪裡？

道地生活短句

くつ　げんかん　ぬ
靴は玄関でお脱ぎください。

ku.tsu.wa./ge.n.ka.n.de./o.nu.gi./ku.da.sa.i.

請在玄關把鞋子脫掉。

ね　おも　ふとん　し
すぐ寝たいと思うので布団を敷いておいてください。

su.gu./ne.ta.i.to./o.mo.u./no.de./fu.to.n.o./shi.i.te./o.i.te./ku.da.sa.i.

我想早點睡，請先把棉被鋪好。

溫泉旅館

Track 152

實用問句

男湯（おとこゆ）はどこですか？
o.to.ko.yu.wa./do.ko./de.su.ka.
男子浴場在哪裡？

大浴場（だいよくじょう）にシャンプー、リンス、せっけんはありますか？
da.i.yo.ku.jo.u.ni./sha.n.pu.u./ri.n.su./se.kke.n.wa./a.ri.ma.su.ka.
大浴場裡有洗髮精、潤絲精和香皂嗎？

脱衣所（だついじょ）にバスタオルとタオルはありますか？
da.tsu.i.jo.ni./ba.su.ta.o.ru.to./ta.o.ru.wa./a.ri.ma.su.ka.
在脱衣場有浴巾和毛巾嗎？

道地生活短句

浴槽（よくそう）には体（からだ）を洗（あら）ってから入（はい）ります。
yo.ku.so.u.ni.wa./ka.ra.da.o./a.ra.tte./ka.ra./ha.i.ri.ma.su.
洗過身體之後再進入浴池。

國家圖書館出版品預行編目資料

JAPAN最道地生活日語 / 雅典日研所企編
-- 初版. -- 新北市：雅典文化, 民104.08
面；　公分. -- (全民學日語；32)
ISBN 978-986-5753-42-9(平裝)
1.日語 2.讀本

803.18　　104010185

全民學日語系列 32

JAPAN最道地生活日語

編著／雅典日研所
責編／許惠萍
美術編輯／姚恩涵
封面設計／劉逸芹

法律顧問：方圓法律事務所／涂成樞律師

總經銷：永續圖書有限公司
永續圖書線上購物網
www.foreverbooks.com.tw

CVS代理／美璟文化有限公司
TEL：(02) 2723-9968
FAX：(02) 2723-9668

出版日／2015年08月

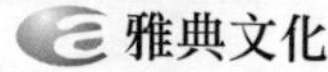

出版社
22103 新北市汐止區大同路三段194號9樓之1
TEL (02) 8647-3663
FAX (02) 8647-3660

全民學日語
32

Japan最道地生活日語

雅致風靡　典藏文化

親愛的顧客您好，感謝您購買這本書。即日起，填寫讀者回函卡寄回至本公司，我們每月將抽出一百名回函讀者，寄出精美禮物並享有生日當月購書優惠！想知道更多更即時的消息，歡迎加入"永續圖書粉絲團"您也可以選擇傳真、掃描或用本公司準備的免郵回函寄回，謝謝。

傳真電話：（02）8647-3660　　電子信箱：yungjiuh@ms45.hinet.net

姓名：　　性別：□男　□女

出生日期：　年　月　日　電話：

學歷：　　職業：

E-mail：

地址：□□□

從何處購買此書：　　購買金額：　元

購買本書動機：□封面 □書名 □排版 □內容 □作者 □偶然衝動

你對本書的意見：
內容：□滿意□尚可□待改進　編輯：□滿意□尚可□待改進
封面：□滿意□尚可□待改進　定價：□滿意□尚可□待改進

其他建議：

剪下後傳真、掃描或寄回至「22103新北市汐止區大同路3段194號9樓之1雅典文化收」

總經銷：永續圖書有限公司

永續圖書線上購物網

www.foreverbooks.com.tw

您可以使用以下方式將回函寄回。

您的回覆，是我們進步的最大動力，謝謝。

① 使用本公司準備的免郵回函寄回。

② 傳真電話：（02）8647-3660

③ 掃描圖檔寄到電子信箱：

yungjiuh@ms45.hinet.net

沿此線對折後寄回，謝謝。

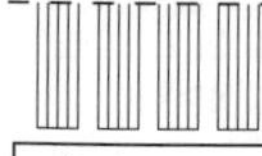

廣告回信
基隆郵局登記證
基隆廣字第056號

221-03

雅典文化事業有限公司　收

新北市汐止區大同路三段194號9樓之1

雅致風靡　典藏文化